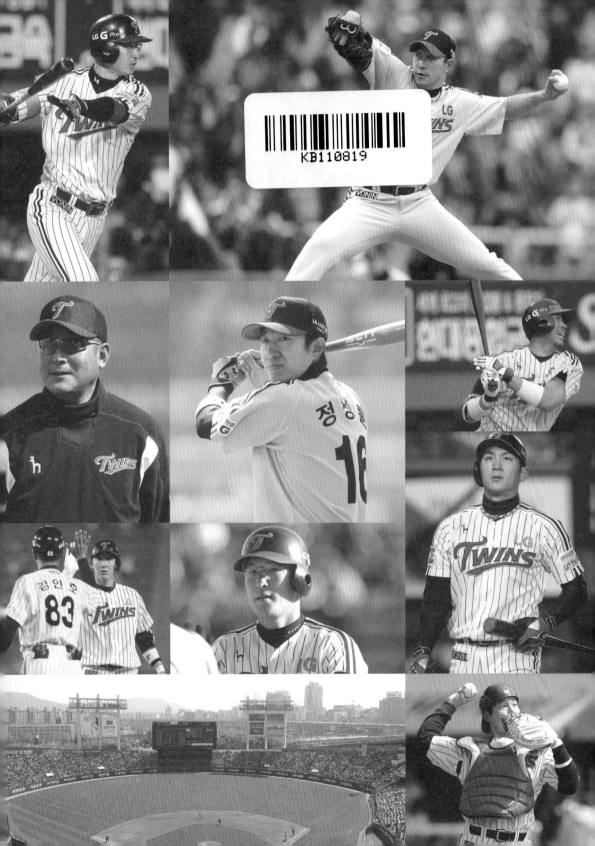

KB110819

49
14
LG
33
L.G
10
LG
17
24
LG Twins
LG Twins
80
LG
LG
#85
NO 71

10년을 기다린
LG트윈스
스토리

초판 1쇄 인쇄 | 2013년 10월 25일
초판 1쇄 발행 | 2013년 11월 5일

지은이 | 안승호 · 김 식
펴낸이 | 박영욱
펴낸곳 | 북오션

경영총괄 | 정희숙
편집 | 이상모 · 임은희 · 이준호
마케팅 | 최석진
표지 · 본문 디자인 | 서정희

주　소 | 서울시 마포구 서교동 468-2번지
이메일 | bookrose@naver.com
페이스북 | bookocean
전　화 | 편집문의 : 02-325-5352　　영업문의 : 02-322-6709
팩　스 | 02-3143-3964

출판신고번호 | 제313-2007-000197호

ISBN 978-89-6799-024-4 (03810)

*이 도서의 국립중앙도서관 출판시도서목록(CIP)은 e-CIP홈페이지(http://www.nl.go.kr/ecip)
　와 국가자료공동목록시스템(http://www.nl.go.kr/kolisnet)에서 이용하실 수 있습니다.
　(CIP제어번호 : CIP2013019353)

10년을 기다린 LG트윈스 스토리

안승호 · 김 식 지음

북오션

저주보다 깊은 사랑

하나의 저주가 끝났다.

2002년 11월 10일 대구구장에서 열린 한국시리즈 6차전 9회말 1아웃. LG 트윈스 마무리 투수 이상훈이 던진 공을 삼성 라이온즈 이승엽이 받아쳤다. 9-9 동점을 만든 스리런 홈런. 이어 삼성 마해영은 LG 최원호로부터 끝내기 솔로포를 터뜨렸다. 프로야구 역사상 가장 극적인 경기 중 하나로 꼽히는 2002년 한국시리즈 6차전에서 삼성의 20년 저주가 끝났다. 이전까지 한국시리즈에 7차례 올라 모두 패퇴했던 삼성은 2002년 지긋지긋한 저주를 풀었다.

다른 하나의 저주가 시작됐다.

삼성의 우승을 축하하는 노래 '위 아 더 챔피언스(We Are The Champions)'가 대구구장에 울려 퍼졌다. LG 선수들은 아쉬움과 허망함을 견디지 못하고 펑펑 울었다. 졌지만 LG는 위대했다. 유난히 추웠던

그해 겨울, 그들은 언더셔츠 차림으로 그라운드를 누볐다. 마지막 순간 힘이 조금 모자랐을 뿐 LG는 준플레이오프부터 플레이오프와 한국시리즈까지 믿기 힘든 투지와 기백을 보여줬다.

LG가 그로부터 10년 동안 가을야구를 하지 못하리라는 걸 그때만 해도 아무도 알지 못했다. 2002년 한국시리즈를 취재하며 LG의 저력을 생생하게 목격한 나는 앞으로 LG 야구가 얼마나 더 강해지고 재미있어질지 궁금했다. 1990년대 초 '신바람 야구'로 신드롬을 일으켰던 LG 야구는 2002년 준우승을 기점으로 새 바람을 일으킬 것 같았다.

그러나 예상이 틀렸다. LG는 저주에 걸린 듯 무력했다. 우승은커녕 이후 10년간 LG는 포스트시즌에도 진출하지 못했다. 8개 팀 가운데 상위 4개 팀이 치르는 가을야구에 2003년부터 2012년까지 초대받지 못했다. 8개 구단 체제에서 포스트시즌에 진출 가능성 동전던지기 확률과 같은 50%다. 그런데 명문 팀 LG는 10년 동안 동전의 뒷면만 봤다. 1024분의 1, 그러니까 0.09765625% 확률이다. 이 정도면 진짜 저주다.

미국 메이저리그에도 저주라 불리는 불운이 있다. 명문 보스턴 레드

삭스가 '밤비노의 저주'를 깨고 2004년 월드시리즈에서 우승하기까지 86년이 걸렸다. 또 다른 인기 팀 시카고 컵스는 1908년 이후 한 번도 월드시리즈 우승을 하지 못하고 있다. 그러나 그건 30개 구단 가운데 단 하나의 챔피언을 가리는 경쟁이다. 8개 팀 가운데 4위 안에 들면 되는 한국야구의 포스트시즌 시스템과 비교할 순 없다. 지난 10년 동안에도 LG는 선수단 구성, 구단의 지원 등 여러 요소가 평균 이상의 팀이라는 평가를 받았다. 그래도 계속 실패했다. 어느 시점부터는 LG가 강팀에게 지는 게 아니라, 스스로 지고 있는 것처럼 보였다.

지난 10년 동안에도 LG 팬들은 LG를 떠나지 않았다. 시즌 관중이 최소 62만 명(2004년)이었고 최대 125만 명(2012년)이었다. 2013년 LG가 11년 만에 포스트시즌을 향해 달리자 숨죽이고 있던 더 많은 LG 팬들이 나타났다. 여름 이후엔 LG의 홈경기 티켓을 구하는 건 차라리 전쟁이었다. 가을에 입기 좋은 '유광점퍼'는 나오는 대로 동났고, 몇 차례 예약판매까지 할 정도였다. 그들은 왜 LG를 그토록 사랑할까. 과거 주변의 LG 팬들에게 이유를 물었더니 여러 대답이 나왔다. "멋진 서울 팀

이어서." "1994년의 신바람 야구에 반해서." "세련된 LG의 이미지가 좋아서." 2013년엔 좀 다른 이유들이 나왔다. "오랜 실패를 이겨낸 게 너무 극적이어서." "뭔가 안 풀리는 내게 희망을 준 것 같아서." 가장 LG 팬다운 대답도 들었다. "그냥, LG가 좋아. LG이잖아."

LG 팬들 중 상당수는 LG 야구에 자신을 투영하고 있다. 그저 관중으로서 LG 야구를 보는 걸 넘어 LG 야구를 닮고 싶고, 또 갖고 싶은 것이다. LG가 10년 동안 실패했으니까 자신도 삶에서 잠시 실패할 수 있다고 위로하는 것이고, LG가 해냈으니까 나도 해낼 수 있다고 믿는 것이다. LG의 저주보다 LG 팬들의 사랑이 깊었다. 충성심이 대단히 높은, 때로는 과도하기까지 한 LG 팬들의 팬덤은 참 특별했다. 수많은 팬들을 봐온 야구기자의 호기심을 크게 자극했다. LG는 2013년 가을 지독한 저주를 끝냈다. 그들의 진짜 이야기를 담고 싶어졌다.

2013년 10월

김 식

"안 기자님, 1년만 더 해보시죠"

2001년 초겨울 어느 날, 청계고가 갓길에 차를 대고 잠 들어버린 적이 있다. 청계고가는 서울 정동 신문사에서 구리에 있는 LG 2군 구장으로 통하는 가장 빠른 길이었다. 프로야구 LG를 담당하게 된 그해 가을 이후로는 밤낮으로 청계고가를 달렸다.

아침 7시 서울 자양동 집을 나서 청계고가를 타고 출근했다. 그날은 회사에서 초판 기사를 마감하고 다시 청계고가를 타고 구리로 향했다. 구리구장에서 취재를 마치고 정동 사무실로 돌아오던 중 무거운 눈꺼풀에 눌려 청계고가 위에 차를 잠시 세웠다. 눈이 떠졌을 즈음에는 창밖이 컴컴했다. 시계는 저녁 마감시간을 향하고 있었다. 깜짝 놀란 만큼 가속 페달을 세게 밟아 사무실로 돌아갔다.

젊은 기자에게 LG를 취재하는 일상은 참 치열했다. 인기구단 LG를 담당하면서 특종과 낙종을 거듭했다. 구리구장은 내게 '보물섬' 같은 곳이었다. 갈 때마다 크고 작은 기삿거리가 나왔다. 구리를 내 집처럼 들락거리기를 수십 차례. FA(자유계약선수)가 된 양준혁으로부터 그가 원하는 계약 조건을 들을 수 있었고, 간판스타 유지현의 팔꿈치 수술 소

식도 가장 먼저 확인할 수 있었다. 발품을 팔면 팔수록 LG와 가까워졌다. 2000년 겨울 '노송' 김용수가 은퇴 문제를 놓고 갈등하는 모습을 본 것도 구리구장에서였다.

청계천 복원공사가 시작되며 청계고가는 2003년 폐쇄됐다. 난 철거를 반대하는 편이었다. 다른 이유가 아닌 구리로 가는 지름길을 잃는 두려움 때문이었다. 그래도 청계고가가 마지막 기능을 다하던 2002년까지 원 없이 청계고가를 타고 다녔다. 출퇴근하듯 구리구장을 다니며 취재를 한 덕분에 LG의 깊숙한 곳을 드나들며 2002년 가을야구까지 함께할 수 있었다. 준플레이오프 1차전을 시작으로 마지막순간까지 LG를 그림자처럼 쫓아다녔다. 그런데 한국시리즈 6차전 삼성 이승엽의 동점 홈런만은 직접 보지 못했다. LG의 승리를 예상하고 김재현을 인터뷰하기 위해 서둘러 더그아웃 뒤로 내려갔기 때문이다.

이승엽의 홈런이 터지기 전까지 그날의 영웅은 김재현이었다. 당시 고관절 부상으로 선수생명을 위협받았던 김재현은 한국시리즈 엔트리에 극적으로 합류했다. 그는 5-5이던 6회 대타로 나와 좌중간 2타점 적

시타를 쳐냈다. 걷는 것조차 버거웠던 김재현은 1루에서 겨우 멈췄다. 그 장면을 고스란히 담아놓고 김재현 인터뷰를 준비하던 중, 엄청난 함성 소리가 LG 더그아웃을 엄습했다. 이승엽의 홈런에 이어 마해영의 끝내기 홈런이 터지자 대구구장은 떠나갈 듯 시끄러웠다.

　김재현과의 인터뷰는 자연스럽게 취소됐다. 이후 LG의 가을야구 영웅과 다시 인터뷰할 기회를 얻기까지 이토록 긴 세월이 걸릴 줄 몰랐다. 인터뷰를 하지 못했다고 하소연하는 건 어쩌면 사치였다. LG가 긴 암흑기를 거치면서 LG 유니폼을 입었다 벗는 야구인들이 늘어갔다. 야심차게 LG 지휘봉을 잡았다가 쓸쓸하게 떠나는 감독들의 등을 지켜보는 것역시 여간 고통스러운 일이 아니었다. 어느 해 겨울에는 '프런트와 코칭스태프를 다 바꿔서도 안 되면 담당기자라도 물러나야 하는 것 아닌가'라고 생각한 적이 있다. 그 얘기를 전했더니 한 LG 직원은 "올해 전력 보강을 많이 했으니 1년만 더 함께 해보시죠"라고 만류하기도 했다. 그 뒤로도 또 몇 년간 포스트시즌 진출에 실패했다. LG의 참담한 세월이 참으로 길긴 길었다. 그 시절을 생각하면 2013년은 참 감사했다.

기자는 객관적 위치에 있어야 한다. 따라서 특정 팀을 응원할 수 없다. 그러나 2002년 이후 한 번쯤은 LG의 가을야구를 맹렬하게 취재하고 싶은 욕심이 있었던 건 사실이었다. LG의 2013년은 시즌 시작 전부터 느낌이 좋았다. LG 선수단 내부로부터 피어오르는 변화를 감지할 수 있었기 때문이다. 지난 10년간 실망한 팬들의 마음을 생각해 무척 조심스럽게 기사를 썼지만, 내가 보고 느낀 LG의 진짜 모습은 기사로 쓴 것보다 훨씬 밝고 희망적이었다. 2013년의 LG는 뭔가 특별했기 때문이다. 그들의 특별한 얘기를 책에 담았다. 오랜 시간 LG의 가을야구를 기다린 팬들과 공감할 수 있다면 매우 감사한 일이다.

2013년 10월

안 승 호

| 차 례 |

Part **1**

2013, 그 뜨겁고
눈부신 불꽃

김기태 감독의 힐링캠프

김기태 감독은 참 이상했다.

2011년 10월 21일. 김기태 감독이 LG 신임 사령탑으로 선임된 뒤 선수들과 첫 만남을 가진 날이다. 구리 2군 구장에서 진행된 상견례에서 선수들은 김기태 감독 주변으로 둥글게 원을 그려 모였다. LG 선수들은 으레 나올 소리를 기다리고 있었다. 2002년 이후 한 차례도 포스트시즌을 치르지 못한 LG 선수들은 이맘때면 일종의 레퍼토리로 듣는 훈시가 있었다. 그런데 무슨 일인지 김기태 감독은 예상했던 단어들을 전혀 꺼내지 않았다.

선수들은 삼삼오오 모여 수군댔다.

"별 말씀을 안 하시네…."

LG 선수들은 여러 감독으로부터 정신력과 집중력, 조직력 등을 주문받았다. 성적이 나지 않을 때 당연히 듣는 말들이었다.

누적된 실패 탓에 선수들은 이미 작아져 있었다. 인생 전체의 성패를 놓고 한판 승부를 벌이는 대입 삼수생의 압박감. 선수들은 그와 비슷한 기분에 사로 잡혔다. 공부하라고 자꾸 강요받을 때 "그걸 누가 모르나"라고 반항하고 싶은 수험생처럼 그들은 예민한 상태였다.

더구나 새 사령탑은 '카리스마'란 수식어를 선수 시절부터 브랜드로 달고 다니는 김기태 감독이다. 첫 만남은 조용히 넘어갔지만 김기태 감독이 적당한 시점에 강공 드라이브를 걸 것으로 선수들은 짐작하고 있었다. 그런데 또 아니었다. 김기태 감독은 캠프에서도 예상과 다른 얘기들을 꺼냈다.

김기태 감독은 감독 첫 시즌이 되자마자 볼륨을 높이기는커녕 아주 차분한 어조로 말했다. 이른바 '60패론'이었다. 어느 구단이든 새해 시무식을 할 때는 강력한 구호를 들고 나온다. 현장 사령탑인 감독은 시즌 목표 승수를 밝히곤 한다. "정규시즌에서 적어도 70승을 거둬 안전하게 4강에 들어가자"고 선언하는 식이다. 그런데 김기태 감독은 엉뚱하게도 공식적인 첫 자리에서 "우리는 시즌 60패가 목표입니다"라고 밝혔다.

김기태 감독은 LG 선수들의 심리를 훤히 읽고 있었다. 그리고 그에 맞게 내린 처방으로 목표 승수가 아닌 목표 패수를 들고 나왔다. 가령, 시즌 중반 20승 30패쯤으로 몰리고 있어도 향후 30패를 더 해도 된다는 여유를 갖고 뛰라는 것이었다. 김기태 감독은 "이기라는 소리는 하지 않겠다. 승리에 집착하지 말고 60패만 한다는 생각으로 뛰자"고 말했다.

시즌 133경기가 열린 2012년. LG가 진짜로 60패를 한다면 최대 73승

을 거둘 수 있었다. 여유 있게 4강에 진입할 수 있는 수치가 나온다. 같은 말을 조금 바꿔하는 것, 그걸로 선수들이 여유와 자신감을 되찾을 수 있도록 하려한 것이다.

물론 김기태 감독의 목표는 표면적으로 실패한 셈이었다. 57승4무 72패. 2012년 LG는 7위에 그쳤다. 10년째 실패였다.

더구나 시즌 60패에 임박할 때가 되자 이와 관련해 매스컴이 주목했다. 오히려 선수들이 부담을 가질 수 있는 여지가 생기고 말았다. 이에 김기태 감독은 "돌아보니 시즌 60패를 내건 게 경솔했다. 그래도 우리 선수들이 참 열심히 했다"고 회고했다. 공(功)을 선수들에게 돌리고, 과(過)는 자신이 끌어안았다.

그러나 승수가 아닌 패수로 눈길을 돌린 김기태 감독의 역발상이 실패로만 매듭지어진 것은 아니다. 김기태 감독 부임 첫해, LG는 시즌 초 상위권으로 올라갔다. 전반기 막바지 미끄러지긴 했지만 '60패론'은 선수들 마음속에서 또 하나의 힘으로 자리 잡고 있었다. 김기태 감독이 선수들의 마음을 읽었듯이, 선수들도 감독의 진심을 느낄 수 있는 시간이었다. 김기태 감독도, 선수들도 2013년의 LG는 훨씬 더 좋아질 것을 예감하고 있었다.

입단 첫해인 2002년 한국시리즈를 치른 뒤 길고 긴 고통의 시간을 보낸 박용택은 "감독님이 60패를 말씀하신 취지를 잘 알고 있었다. 선수들은 '우리 감독님이 이런 것까지 보시는 구나'라는 생각을 하게 됐다"고 말했다. '60패론'을 처음 들고나온 뒤 1년이 지나서였다. 김기태 감독은 스치듯 한마디를 던질 때도 선수 마음의 무게를 덜어내기 위해 애썼다.

구단버스를 타고 원정경기를 떠날 때도 박용택은 편히 쉬지 못한다. 버스가 휴게소에 잠시 멈춰서는 틈에도 그는 스윙 자세를 취한다. 박용택은 훈련이 아니라 습관 수준으로 타격자세를 점검한다. 김기태 감독은 "하여튼 박용택은 발이 땅에만 닿으면 야구 생각부터 한다. 야구 잘하는 이유가 있다. 자기 것을 찾기 위해 그만큼 노력하는 선수"라고 칭찬했다.

2013년 9월 5일 대전 한화전을 앞두고 박용택은 야구장 백스톱 뒤 유리에 비친 자기 모습을 보며 스윙을 하고 있었다. 그는 몇 경기 타격 부진에 빠져 있었다. 0.340에 육박하던 타율이 며칠새 0.320대로 빠져 있었다. 그러자 김기태 감독은 평소와는 다른 처방을 내렸다.

"용택아, 너 훈련하지 마. 들어가서 쉬어라. 네가 앞으로 20타수 무안 타에 그치더라도 0.310은 된다. 이미 많이 해뒀으니 괜찮다."

박용택은 꽉 막힌 것 같던 속이 시원해졌다. 어깨가 가벼워졌다. 그는 이튿날 한화전에서 2안타를 때리더니 다시 신나게 안타행진을 이어갔다.

김기태 감독은 2010년 LG 2군 감독에 선임되면서 줄무늬 유니폼을 입었다. 당시만 해도 그가 LG 젊은 선수들의 군기를 잡을 적임자라는 평가가 대부분이었다. 김기태 감독은 선수 시절 야구도 특급으로 잘했지만 리더십이 뛰어난 것으로 더 유명했다. 어느 팀에 가나 주장을 도맡아 했다. 누가 봐도 김기태 감독은 강한 리더였다. 그러나 잘못 봤다.

김기태 감독은 기술과 체력 등 기본요소들을 두루 살폈다. 가장 눈여겨 본 것이 선수들의 심리상태였다. 그들의 마음과 생각을 바꿔야 LG가 바뀐다는 결론을 내렸다. 김기태 감독은 개혁을 위해 권력을 이용하지 않았다. 오히려 더 세심하게 선수들 마음을 살폈다. 김기태 감독은 2013년 포스트시즌 진출을 사실상 확정한 뒤에야 그동안 가장 신경 쓴 부분을 털어놨다.

"우리가 달라진 비결을 얘기하자면 두려움을 이겨낸 것 아닌가 싶다.

두려움을 극복하기 위해 노력하고 집중했는데 조금씩 팀이 달라진 것 같다. 한계를 극복하지 못할 때는 거기까지 가는 게 한없이 두렵기 마련이다. 그러나 한 번 넘어서면 그때부터는 훨씬 쉬워진다."

김기태 감독은 과거 LG가 시즌 중반까지 순항하다가 결국 무너진 원인을 기술이나 체력뿐 아니라 심리적 측면에서 찾았다.

김기태 감독은 큰 목소리나 매서운 눈빛으로 선수들을 움직이지 않았다. 누구보다 LG 선수들 마음을 제대로 읽었고, 위로했다. 10년 동안 계속 실패한 팀에는 개혁보다는 힐링이 필요했다.

김기태 감독 체제에서 LG는 과거 어느 때보다 고참들이 솔선수범하는 팀이 됐다. LG의 한 베테랑 선수는 김기태 감독을 두고 이런 얘기를 했다.

"고참 선수가 되면 한 번쯤 하는 생각이 있다. '나중에 내가 지도자가 된다면 어떻게 할까' 하고 상상하는 것이다. 다들 그런 생각을 할 텐데 나중에 감독이나 코치가 되면 그걸 지키는 분은 없는 것 같다. 그 자리에 가면 입장이 달라질 수밖에 없고, 그게 또 이해도 됐다. 그런데 김기태 감독님은 달랐다. 우리가 훗날 되고 싶은 '지도자상'을 행동으로 보여줬다."

2013년 LG의 동력은 베테랑 선수들이었다. 김기태 감독은 고참 선수들을 움직여 막내 선수들까지 지휘했다. 베테랑 선수들이 위로는 코칭스태프, 아래로는 젊은 선수들을 잘 살폈다.

주장 이병규(등번호 9번)는 선수들의 대변인 역할을 잘했다. 동시에 김기태 감독의 손과 발이 되는 데도 주저하지 않았다. 이병규는 원정경기를 갈 때 김기태 감독의 의자를 직접 챙기기도 했다. 막내 선수도 하지 않는 일을 주장이 하는 것이다. 감독과 주장의 유대관계를 다른 선수들에게 똑똑히 보여준 것이다. 어느 팀에서도 볼 수 없는 대단히 낯선 장면이었다.

그렇다고 이병규가 감독에게 잘 보이기 위해 '오버액션'을 한 건 결코 아니었다. 이병규는 아주 솔직한 성격이다. 천성적으로 마음에 없는 말이나 행동을 하지 못한다. 감독에게 아부를 하지 않아도 경기에 나갈 수 있고 높은 연봉을 받을 수 있는 실력도 있다. 이병규는 그저 마음이 시키는 대로 김기태 감독을 따른 것이다.

2013년에도 LG엔 크고 작은 위기들이 있었다. 예년 같으면 팀이 흔들렸겠지만 LG는 이제 달라졌다. 마음의 상처를 치유하고 자신감을 찾은 LG는 고비 때 더 강한 힘을 뿜어냈다.

'라뱅' 이병규의 빅뱅

　　더그아웃에 있던 LG 선수들 모두가 그라운드로 뛰어나갔다. 이병규도 신나게 달렸다. 이병규는 홈플레이트에 쓰러져 있던 문선재를 일으켜 세웠다. 그리고 아버지가 장한 아들에게 하는 것처럼 꼭 끌어안았다. 2013년 5월 26일 LG가 잠실 SK전에서 1–0으로 이겼을 때 일이다.

　　이날의 영웅은 9회말 무사 1루에서 끝내기 2루타를 때린 정의윤이었다. 선수들은 히어로에게 몰려가 그를 껴안고 때리며 축제를 즐겼다. 이병규만이 홀로 문선재에게 달려나갔다. 정의윤이 짜릿한 한 방을 터뜨릴 수 있었던 건 문선재 덕분이다. 9회말 선두타자로 나선 문선재는 안타로 출루한 뒤 정의윤의 타구 때 죽을힘을 다해 2루와 3루를 거쳐 홈까지 뛰었다. 스물세 살 나이에 갓 1군 선수가 된 문선재에겐 짧은 숨을 들이킬 시간조차 없었다. 혼신의 질주가 끝나고 문선재는 힘겹게, 또 외롭게 쓰러져 있었다. 열여섯 살 많은 선배 이병규는 진짜 영웅 문선재를 격려했다.

2013년 LG 타선 변화의 가장 큰 원인을 이병규에게서 찾는 시각이 많다. 적지 않은 나이에 허벅지 통증을 달고 뛰면서도 한때 4할에 육박하는 타율을 기록한 것도 대단했지만, 선수단의 리더 역할을 잘했기 때문이다. 맨 앞에서 열심히 뛰었고, 재미있게 놀았고, 때로는 쓴 소리도 거침없이 내뱉었다. 이병규 정도의 베테랑이면 선수단에서 한 발 뒤로 물러나 가끔 고참 행세나 하기 마련이다. 그런데 그는 주장을 맡아 책임감을 스스로 떠안았다.

주장 이병규가 문선재를 끌어안은 건 빛나지 않은 선수들을 격려한 것이다. 팀이 이긴다면 누구도 영웅이 될 수 있다는 메시지를 보낸 것이다. 이런 장면들이 모여 LG를 바꿨다.

마흔 살 가까운 나이에 이병규가 적시타를 때리고, 결승홈런을 치는 건 아주 놀랍지는 않았다. 이병규는 1997년 LG에 입단할 때부터 늘 잘 쳤다. 가끔 슬럼프에 빠지는 게 이상할 만큼 타격 재능이 남달랐다. 이병규는 2013년 역시 잘 때렸다. 그보다 놀라운 건 이병규가 자신뿐만 아니라 후배들을 잘하게 만들었다는 것이다.

사실 이날 LG의 끝내기 승리는 커다란 위기가 돼 돌아올 수도 있었다. 정의윤이 방송사 여자 아나운서와 인터뷰를 할 때 임찬규가 아나운서에게 물벼락을 끼얹었다. 아나운서는 물에 흠뻑 젖은 채 인터뷰를 마쳤고, 여기저기서 임찬규의 과도한 세리머니를 비판하는 목소리가 높아졌다. 이때 이병규는 "내가 시킨 일이다. 나 때문에 일이 커져 찬규에게

미안하다. 피해를 입으신 분들에게 죄송하지만 우린 흔들리지 않겠다. (다른 방법으로) 세리머니는 또 할 것"이라고 말했다. 며칠 후 이병규는 임찬규, 김기태 감독과 함께 아나운서를 찾아가 사과했다.

많은 이들이 "이번 일로 LG 분위기가 나빠질 것이다. 성적에도 악영향을 받을 것"이라고 말했다. 나쁜 일이 생기면 서로 책임을 떠넘기고, 그러다 자멸하는 과거를 떠올리면서 하는 말이었다. 김기태 감독은 당사자들에게 "아버지의 마음으로 사과 드린다"라며 정중하게 고개를 숙였다. 이병규도 함께 사과했지만 방식은 조금 달랐다. "흔들리지 않겠다. 세리머니는 계속할 것"이라는 그의 말에는 논란의 여지가 없지 않았다. 이병규는 제3자의 비난을 감수하고라도 임찬규를 보호했고, 팀 분위기가 깨지는 것을 막으려 했다. 전화위복. 그 일로 이병규의 리더십은 한층 더 강해졌고, 5월 위기에 빠져 있던 LG는 분위기 반전에 성공하며 다시 상승세를 탔다.

이에 앞서 LG는 큰 위기를 극복했다. 4월 상승세가 끝나고 승률 5할 아래로 떨어지던 때였다. LG는 미국에서 돌아온 투수 류제국을 5월 19일 깜짝 선발로 내세웠다. 상대 선발은 고교 시절 류제국의 라이벌이었던 KIA 김진우. 기대와 달리 경기는 타격전으로 전개됐고 결국 LG가 7-4로 이겼다. LG는 소중한 1승을 거뒀을 뿐만 아니라 류제국이라는 든든한 선발투수를 얻었다. 여기에도 이병규가 있었다.

이병규는 이날 1회와 3회 연속으로 좌전 적시타를 때렸다. 1회 안타는 선취타점, 2회 안타는 동점타점이었다. 3-2로 재역전한 5회 무사

1·2루에서 이병규는 기습번트를 댔다. 이미 안타 2개를 때렸을 만큼 컨디션이 좋은 타자가, 게다가 허벅지 부상도 있는 타자가 번트를 대리라고는 아무도 예상하지 못했다. 허를 찔렀기 때문에 이병규 기습번트의 성공확률이 높았던 것이다. 그의 번트안타로 무사 만루를 만든 LG는 찬스를 이어가며 4점을 추가했다. LG 선수들은 "병규 형이 번트안타를 만들어내는 건 처음 보는 것 같다"며 놀라워했다. 이병규의 번트는 베테랑 선수가 얼마나 다양한 수를 갖고 있는지를 보여줬다. 아울러 작은 희생과 노력이 얼마나 큰 효과를 내는지도 증명했다. 한 방보다 무서운 일침이었다.

이병규는 2000년대의 LG를 상징하는 선수다. 이 한 문장에는 LG도 이병규도 뛰어난 재능을 다 발휘하지 못한다는 뜻이 담겨있다. 2002년 김성근 감독은 3할 타자 이병규를 호되게 다그쳤다. 공을 기다릴 줄 모르는 지나친 공격성과 타격할 때 몸이 앞으로 쏠리는 잘못된 자세를 지적했다. 김성근 감독은 "소질만 보면 이병규는 4할 가까이 칠 수 있는 타자다. 그래서 더 많이 혼냈다"고 회상했다.

이병규는 팀에 썩 헌신적인 선수라고 보기 어려웠다. LG의 많은 선수들이 개인주의 성향이 강하다는 얘기를 들었고, 그도 예외가 아니었다. 이병규가 활약했던 기간 LG가 좋은 성적을 내지 못한 결과론이라고도 할 수 있으나 건들건들한 이미지가 있는 건 분명했다. 죽어라 뛰는 걸 보기 어려웠다. 수비 때 어슬렁거리는 이병규의 모습이 마치 동네 슈퍼마켓으로 라면을 사러 가는 것 같다고 해서 '라뱅'이라는 별명이 붙

었다.

　나이가 들고 힘이 떨어지면 팀 내 입지는 점점 좁아진다. 자신의 자리 지키기도 어려워 더욱 개인적이 되는 선수들도 꽤 있다. 그러나 이병규는 나이가 들면서 팀 지향적으로 변했다. 이병규는 10년간 누적된 LG의 문제점을 누구보다 다 알고 있기 때문에 어떻게 LG를 움직이고 바꿔야 하는 지도 알았다. 실패의 경험이 쌓여 변화를 위한 자산이 된 것이다. 그가 숨은 일꾼을 찾아내 격려한 것, 외풍으로부터 젊은 후배를 감싸고 돈 것은 LG를 바꾸기 위한 노력이었다.

당연하겠지만 이병규는 '라뱅'이라는 별명을 좋아하지 않는다. '라뱅' 얘기가 나오면 "내 별명은 적토마(赤兎馬)"라고 능친다. 적토마는 명마가 뛰는 것처럼 멋지게 달렸던 그의 젊은 시절에 선물 받았던 별명이다. 2013년 그는 부상 때문에 적토마처럼 뛰진 못했다. 나이 때문이라도 예전처럼 달릴 수 없었다. 대신 이병규는 후배들을 적토마처럼 뛰게 했다.

김기태 감독은 이병규를 잘 활용했다. 젊은 감독은 오랫동안 한 팀에서 뛴 베테랑 선수들과 갈등할 가능성이 높다. 그들은 선수신분이지만 상당한 리더십을 갖고 있다. 그건 신임 감독에게 위협이 될 수 있다. 때문에 초보 감독은 베테랑을 라이벌로 여기고 견제하려 한다. 젊은 감독일수록 세대교체를 크게 외치는 이유다. 그러나 김기태 감독은 이병규가 갖고 있는 실패의 자산을 존중하고 활용하기로 했다. 김기태 감독도 몇 년 전까지 노장 선수였기에 그의 마음을 잘 읽어냈다.

리더로부터 인정받는 중간리더는 팀에서 엄청난 힘을 발휘한다. 중추적 역할을 맡은 이병규가 그걸 보여줬다. 이병규는 과거 어느 주장보다도 큰 목소리를 냈다. 팀 분위기가 무거우면 "재밌게 야구하자. 결과를 먼저 생각하지 말고 야구를 즐기자"며 후배들을 격려했다. LG가 8월 들어 삼성과 선두다툼을 할 때 어딘가 붕 떠있는 선수들을 다그친 것도 이병규였다.

스스로 큰 책임감을 느꼈기 때문에 이병규는 자신의 타석에서 더 집중하고 진지했다. 그 나이에 스윙이 더 좋아지기는 어렵지만 승부의 흐름을 읽는 시야와 좋은 공을 기다리는 인내심이 늘었다. 상대와 혼자 싸우는 게 아니라 큰 틀에서 큰 승부를 하는 경지에 이른 것이다. 많은 이들은 이병규가 변할 거라고 생각하지 못했지만 그는 세월이 흐른 만큼, 어쩌면 그 이상으로 변했다. 자신을 믿어준 감독과 코치를 위해서, 또 자신을 따르는 후배를 위해서다.

이병규는 2013년 LG가 달라진 건 하드웨어가 아닌 소프트웨어의 변화 때문이라고 믿고 있다. 그는 "선수들의 생각이 바뀐 것이다. 과거 우리 선수들은 '똑같은 선수이고, 똑같이 훈련을 하는데 왜 우리는 못할까' 라고 자책했다. 더 열심히 하고 승리가 많아지자 이젠 '우리도 할 수 있다' 고 믿기 시작했다. 계속 이기다 보니 야구가 재미있어 졌다. 이기는 맛을 알게 됐다"라고 말했다. 그런 LG의 변화를 이끌어낸 주역 중 하나가 이병규다.

유망주의 무덤에서 나온
김용의와 문선재

김기태 감독은 2013년 시즌 개막을 며칠 앞두고 기자들에게 LG 내
야진의 세대교체를 예고했다. 스물세 살 오른손타자 문선재와 스물여덟
살 왼손타자 김용의를 중용하겠다는 뜻을 내비친 것이다. 내야 나머지
포지션을 차지할 얼굴의 윤곽은 이미 나와 있었고 주전 선수가 확실하
지 않은 1루가 그들의 자리가 될 가능성이 높아보였다.

3월 30일 SK와 인천에서 벌인 시즌 개막전에 선발 1루수로 출전한
건 문선재였다. 상대 선발이 왼손 레이예스이기 때문에 왼손타자가 나
간 것이다. 지난해까지 LG 1루를 주로 지켰던 마흔두 살 노장 최동수는
경기 후반 대타로 잠깐 나갔다. 이튿날 SK전에서도 왼손 투수 세든이
선발로 나오자 또다시 문선재가 선발 1루수로 출장했다. 최동수는 이날
도 대타로 나갔다가 다음날 1군 엔트리에서 제외됐다. 그렇게 개막 후
네 경기 동안 문선재가 선발 1루수로 나갔고 다섯 번째 경기인 4월 3일

목동 넥센전에선 오른손 선발 김영민을 상대하기 위해 김용의가 선발 1루수에 이름을 올렸다. 문선재-김용의 중 하나가 상대 선발에 따라 선발출전 했다가 경기 후반 다른 하나가 대타나 대수비로 나서는 플래툰 시스템(Platoon System, 한 포지션에 두 선수를 번갈아 기용하는 것)은 시즌 중후반까지 지속됐다.

쉽지 않은 결정이었다. 문선재는 1군에서 뛰어본 경험이 거의 없었고, 김용의도 2012년에야 1군 무대를 오가기 시작한 터였다. 게다가 둘은 LG 타선의 약점인 장타력 부재를 해결해줄 자원으로 보이지도 않았다. 3년 전부터 장타가 줄어들긴 했지만 일단 최동수를 먼저 써보는 게 안전한 기용이라고 보였다. 게다가 시즌 초에는 베테랑 이병규마저 부상 때문에 뛰지 못했다.

그러나 김기태 감독은 젊은 선수들을 선택했다. 최동수를 쓴다면 실패 확률은 적을지 몰라도 LG 타선이 확 바뀔 가능성 또한 낮았기 때문이다. 김기태 감독은 1루를 세대교체 포지션이라고 여겨 과감히 개혁했다. 2011년부터 2년간 LG 2군 감독을 지낸 김기태 감독은 문선재와 김용의의 성장을 쭉 지켜봤고, 그들의 발전 가능성을 믿은 것이다.

프로선수들은, 베테랑이라고 하더라도 시즌 개막전을 기다린다. 개막전 선발 라인업은 다른 경기보다 훨씬 큰 의미를 가진다. LG는 문선재가 먼저 들어갔고, 다음에 김용의가 들어갔다. 둘을 합쳐도 다른 팀 1루를 차지하고 있는 거포들보다 훨씬 약해보였다. LG의 시즌 초반을 보며 몇몇 전문가들은 "LG의 스쿼드(Squad, 선수 구성)가 더 나빠졌다"

고 했다.

이들은 전형적인 1루수는 아니다. 대신 빠르고 적극적이며 수비가 좋다. 많은 장타를 때리지 못하는 대신 또박또박 적시타를 때려냈다. 아울러 안정적인 수비로 다른 내야수들의 송구 부담을 덜어줬다. 문선재와 김용의는 시즌 중반까지 3할 타율을 때려냈다. 타격만 잘한 게 아니라 수비와 주루도 빼어났다. '쌍둥이 팀'의 '쌍둥이 1루수'는 패기와 근성으로 LG 선후배들을 자극했다. 6월 이후에는 문선재가 나와도, 김용의가 나와도 LG 1루수는 약해보이지 않았다. 중앙일보가 2013년 LG가 강해진 이유를 8개 구단 감독들을 대상으로 설문조사했는데, 가장 많이 나온 대답이 '문선재와 김용의가 팀에 활력을 불어넣은 것'이었다.

김기태 감독은 둘을 활용하는데 상당히 조심스러웠다. 먼저 문선재나 김용의 중 하나를 주전으로 못 박지 않고 폭 넓게 썼다. 좌타자와 우타자의 역할 분담을 확실하게 하기 위해서이고, 둘의 체력안배도 고려했다. 갓 1군 선수가 된 이들에게 포지션을 보장하기보다는 함께 1루를 지키라는 메시지를 줬다. 한편으로 엄하게도 대했다. 여름 이후엔 이병규(등번호 7번)를 자주 1루수로 기용했다. 8월 말에는 번트 작전에 실패한 김용의를 2군으로 내리기도 했다. 문선재와 김용의가 1군 선수로 성장한 걸 확인한 뒤에는 LG의 다른 주전선수들과 같은 눈높이로 대했다. LG는 주전급 선수 2명을 얻었다.

LG에는 수많은 유망주가 있었다. 1994년의 슈퍼루키 유지현 김재현 서용빈 만큼은 아니어도 뛰어난 선수들이 줄무늬 유니폼을 입었다. 그러나 기대만큼 성장한 선수는 거의 없었다. 기량이 더디게 늘거나 소리 소문도 없이 사라지는 경우가 많았다. 기다리고 기다리다 다른 팀에 트레이드했더니 잠재력을 폭발하는 사례도 있었다. LG 유니폼을 입고 홈런왕에 오른 선수는 32년 동안 한 번도 없었지만 2009년 김상현(당시 KIA)과 2012년 박병호(넥센)는 LG를 떠나자마자 홈런왕에 올랐다. LG를 두고 유망주의 무덤이라고 말하는 사람들도 있었다.

2013년 LG의 유망주들이 무덤을 뚫고 나왔다. 김용의와 문선재가 등장했고, 마운드에선 왼손투수 신재웅이 선발로 자리를 잡았다. 또 백업포수 윤요섭이 마스크를 써도 수비 안정성이 크게 떨어지지 않았다.

신재웅은 올 시즌 갑작스러운 부진에 빠진 외국인 왼손 투수 주키치의 공백을 잘 메웠다. 6월부터 선발 로테이션에 합류해 느리지만 정확한 공을 뿌렸다. 2005년 LG에 입단한 신재웅은 2007년을 앞두고 두산으로 이적했다. FA(자유계약선수) 박명환을 LG가 영입하면서 보상선수로 갔는데 어깨 부상 때문에 두산에서 방출됐다. "절망하며 방황하다 야구를 그만 둘 생각까지 했다"는 신재웅은 2012년 LG로 되돌아왔다. 2군에서부터 신재웅을 지켜본 김기태 감독은 선발진이 출렁이자 신재웅을 콜업했다. 김기태 감독은 "훈련 하나는 정말 성실하게 했던 선수다. 고생을 많이 한 선수가 1군에서 좋은 피칭을 한다면 다른 선수들에게 미치는 긍정적인 영향도 클 것"이라 기대했다.

주전 포수 현재윤이 두 차례나 골절상을 입었을 때 윤요섭이 대신 마스크를 썼다. 이전에 비해 수비력이 많이 향상된 덕분이다. LG는 현재

윤을 영입한 뒤에도 윤요섭에게 포수 수비훈련을 혹독하게 시켰다. 현재윤이 처음 다쳤던 4월 말 LG는 넥센 포수 최경철을 트레이드해오기도 했지만 결국 대신 마스크를 쓴 건 윤요섭이었다.

물론 김기태 감독이 밀어준 유망주들이 모두 기대만큼 성장한 건 아니다. 실패로 끝난 실험도 있다. 그러나 변화가 시작된 것만은 분명했다. 김기태 감독은 2012년 부임하자마자 기존의 주전선수 외에 다른 선수들에게 기회를 주기 시작했다. 그에겐 당장 성적을 내는 것도 중요했지만 부임 2년째가 되는 2013년이 더 큰 승부였다. 2014년 이후에는 김기태 감독이 누구에게도 아무런 보장도 받지 못한다는 걸 그는 잘 알고 있었다.

LG가 수년 동안 유망주의 무덤이라는 오명을 쓴 이유가 있다. 스카우트나 육성의 문제라기보다는 구조적인 것에 원인을 찾을 수 있다. 중심이 될, 기량이 아주 뛰어난 선수는 부족하지만 베테랑 선수로 선발 라인업을 구성할 정도는 된다. 당장의 전력 안정을 위해서는 많은 감독과 코치가 비슷한 선택을 할 수밖에 없었다. LG가 10년 동안 4강에 오르지 못한 것에 비하면 주전 선수들은 크게 바뀌지 않은 것도 그 때문이다. 많은 리더들은 칭찬을 받는 것을 좋아하지만, 사실은 비난을 받지 않는 것을 더 좋아한다.

LG가 유망주의 무덤이라는 건, 반대로 말해 기득권의 천국이라는 뜻이다. 김기태 감독은 "비난을 피하기 위해 감독이 안정적인 선택만 한다면 발전할 수 없다. 모험을 걸 때는 욕먹을 각오도 해야 한다. 그래야 한 걸음 앞으로 나아갈 수 있다"고 말했다. 그는 실제로 그렇게 했다.

　김기태 감독이 기존 전력을 부정한 건 아니다. 그러나 조금씩, 냉정하게 팀 내 경쟁체제를 만들었다. 개막전 1루수로 문선재를 내보낸 건 매우 선언적인 움직임이었다. 나머지는 요란하지 않게 진행했다. 김기태 감독은 두 가지 모순적인 평가를 받았다. 베테랑의 기를 세워 팀의 위계질서를 잡았다는 것과 새 얼굴을 발탁해 세대교체에도 성공했다는 것이다. 이른바 신구(新舊)의 조화를 이뤄냈다는 것이다. 김기태 감독은 2013년 스프링캠프에서 문선재와 김용의를 유심히 지켜봤다. 풀시즌을 뛰면 이들이 어떤 그림을 그려낼지, 두 선수를 함께 쓰는 건 어떤 장단점이 있을지 예상했다. 해볼만 하다는 판단이 서자 김기태 감독은 용기를 냈다. 문선재와 김용의는 감독의 믿음에 보답하기 위해 열심히 뛰었다. 그게 김기태 감독의 용단을 더욱 빛나게 했다.

봉중근, 이상훈의 저주를 풀다

마무리 투수는 두 종류로 구분할 수 있다. 차가운 마무리, 그리고 뜨거운 마무리. 1994년 LG의 한국시리즈를 마무리한 투수는 오른손 김용수였다. 그는 마운드에서 참 냉정했다. 빠른 공이 좋았고, 슬라이더 제구가 특히 돋보였다. 마운드 위의 김용수는 표정 하나 바뀌지 않고 냉정하게 타자를 요리했다.

선발로 뛰다 김용수의 대를 이어 LG의 마무리를 맡은 왼손 이상훈은 뜨거운 사나이였다. 김용수처럼 빠른 공과 날카로운 슬라이더가 주무기였지만 기질은 달랐다. 마운드에 올라갈 때 그는 들소처럼 뛰어나갔다. 그리고 힘과 기를 다해 공을 던졌다.

2013년 LG 마무리 봉중근은 두 선배를 반씩 섞어놓은 것 같다. 봉중근은 피칭에 앞서 뒤를 돌아보며 기도를 한다. 심호흡을 크게 한 뒤 침착하게 공을 던진다. 아주 빠른 공을 던지지 못하지만 그는 안정된 제구력을 앞세운다. 아울러 낙폭 큰 체인지업과 드롭커브를 잘 섞는다. 이건 김용수를 닮은 부분이다.

봉중근은 초등학교 6학년 때 처음 잠실구장으로 야구 구경을 왔다. 그의 마음을 사로잡은 건 자신과 같은 왼손 투수 이상훈의 열정적인 피칭이었다. 그는 이상훈처럼 강하고, 믿음직한 투수가 되고 싶었다. 스피드건에 찍히는 구속은 그리 빠르지 않지만 봉중근의 공은 강력하다. 신일고 시절부터 봉중근의 공을 받았던 포수 현재윤은 "봉중근의 공에는 자신감이 담겨 있다. '한 번 쳐봐라' 라는 오기가 느껴진다. 만약 안타를 맞는다 해도 기죽지 않고 더 열정적으로 공을 던진다"라고 말했다. 이건 이상훈을 닮은 부분이다.

2002년 한국시리즈 6차전에서 이상훈이 이승엽에게 스리런 홈런을 맞은 건, 어쩌면 저주의 시작이었는지 모른다. 이상훈은 아픔을 딛고 이듬해인 2003년 30세이브를 기록했다. 그러나 2004년 1월 '기타항명 사건' 으로 이순철 당시 감독과 마찰을 일으키고 SK로 떠났다.

LG는 1990년대 김용수, 2000년대 초반 이상훈이라는 특급 마무리를 가졌다. 때문에 그게 얼마나 큰 자산인지 간과했을 수 있다. 이상훈을 떠나보낸 뒤 LG는 거금을 들여 FA 진필중을 영입했다. 두산 시절 진필중은 임창용과 최고 마무리 자리를 놓고 경쟁했지만 KIA를 거쳐 LG로 왔을 때는 이미 힘이 떨어진 뒤였다. 진필중은 2004년 15세이브 4패 평균자책점 5.23를 기록한 이후엔 세이브 1개도 추가하지 못한 채 2006년 은퇴했다.

이후 이동현 신윤호 등이 뒷문을 지키기 위해 나섰지만 결과는 크게 다르지 않았다. 2013년 선발투수로 뛰어난 피칭을 보인 우규민은 2006년부터 3년간 마무리로 뛰면서 영광보다 상처가 더 많았다. LG는 2010년 일본인 투수 오카모토를 마무리 투수로 영입했고, 2012년엔 선발 투수로 잘 던지던 리즈를 마무리로 보직변경 했다가 원위치로 돌려 났다. LG의 시행착오는 거의 10년 동안 이어졌다.

리즈의 마무리 전환이 실패한 뒤 김기태 감독은 마지막 카드를 썼다. 봉중근이다. 왼 팔꿈치 수술을 받고 5월 복귀를 준비했던 그를 마무리로 기용한 것이다. 클로저로서 봉중근의 능력은 검증된 바 없었다. 메이저리그에서 중간계투로 뛰긴 했지만 마무리 투수는 더 높은 피니시 능력과 강심장을 필요로 한다. 게다가 봉중근은 LG의 에이스 선발투수였다. 김기태 감독은 "이제 우리 마무리 투수는 봉중근"이라고 못 박지 않았다. 재활훈련을 막 끝내고 돌아왔기에 짧은 이닝을 던지게 하기 위해서라고 설명했다. 봉중근이 마무리 투수로 연착륙할 수 있도록 배려한 것이다.

1년이 지나고 김기태 감독은 2013년 개막에 앞서 키플레이어를 꼽아달라는 기자들의 질문에 지체 없이 "봉중근"이라고 답했다. LG가 4강에 진출하기 위해서는 역전패를 최대한 줄여야 한다는 게 이유였다. 기록을 봐도 LG의 불펜이 약해진 시점과 LG 팀 성적의 몰락은 거의 일치한다. 역전패는 어느 팀에게나 뼈아프다. 단지 1패 이상의 충격을 준다. 다 이긴 경기를 놓치면 1승이 1패로 둔갑한다. 그것만으로 2패와 다름

없다. 마무리 투수가 무너지면 불펜 전체가 소강상태에 빠져든다. 역전
패를 자주 당하는 팀 분위기는 좋을 리 없다. 김기태 감독이 봉중근을
기대하면서도 걱정한 건 그래서였다.

강팀은 예외 없이 강한 마무리 투수를 가졌다. 8회 이후 역전이 어렵
다고 생각되면 빨리 포기하기 마련이다. 반대로 강력한 불펜을 갖춘 팀
이라면 1~2점 승부에 강해지고 역전승이 많아진다. LG의 10년 실패는
마무리 투수의 부진과 맞물려 있었다. 2013년 LG는 봉중근 덕분에 시
즌 전체를 안정적으로 치를 수 있었다. 적어도 예전처럼 피눈물 나는 역

전패는 당하지 않으리라는 믿음이 생겼다.

사실 봉중근의 마무리 투수 전환은 수년 전부터 검토된 사안이었다. 그의 구위뿐 아니라 제구력과 주자 견제능력 등 여러 가지를 감안한 것이다. 무엇보다 봉중근은 심장이 터질듯 한 승부를 즐길 줄 안다. 2009년 월드베이스볼클래식(WBC) 1라운드 일본과의 2차전에서 자원 등판, 눈부신 호투로 '봉중근 의사' 라는 별명을 얻은 것에서도 그의 모험적 기질을 느낄 수 있다. 봉중근은 선발로 뛰면서도 "언젠간 LG의 마무리 투수를 맡고 싶다"고 말했다.

문제는 감독이 '마무리 봉중근'을 얻기 위해 '선발 봉중근'을 포기하기가 어렵다는 점이었다. 앞서 박종훈 전임 감독이 봉중근의 보직이동을 몇 차례 고민했다. 'LG 마무리, 봉중근이 맡는다'는 기사도 나갔다. 그러나 막상 시즌이 되면 선발진에서 봉중근을 쉽게 빼지 못했다. 2010~2011년 LG의 선발진이 2013년보다 약한 이유도 있었다.

마무리 투수를 갖기 위해 김기태 감독은 도박에 가까운 승부수를 던졌다. 먼저 강속구 투수 리즈를 선발진에서 빼내 뒷문을 맡겼다. 최고의 구위를 자랑하는 리즈이지만 마무리 투수에게 어울리는 심장을 갖지는 못했다. 리즈는 2012년 4월 13일 잠실 KIA전에서 5-5 동점이던 11회 초 등판해 16개 연속 볼을 던지며 4연속 볼넷을 허용했다. 프로야구 사상 최다 연속 볼 투구 기록이었다. 믿기지 않은 밀어내기 볼넷을 내준 LG는 결국 역전패했다. 김기태 감독은 이후 몇 차례 더 리즈에게 마무리 기회를 줬다. 리즈는 끝내 중압감을 이겨내지 못했다. 그리고 결국 선발투수로 돌아왔다.

봉중근은 2012년 뛰어난 마무리 솜씨를 보였다. 6월 22일 잠실 롯데전에서 강민호에게 홈런을 맞고 첫 블론세이브를 기록하기 전까지는. 문제는 한 경기를 날린 게 아니었다. 단 한 번의 실패를 용납하지 못한 봉중근은 더그아웃 뒤에 있는 소화전을 오른손으로 내리쳤다. 공 던지는 손이 아니었지만 오른손이 골절된 건 작은 부상이 아니었다. 봉중근의 이탈과 함께 LG의 희망도 꺾였다. 김기태 감독이 2013년 키플레이어로 자신을 꼽자 봉중근은 흉터가 남은 오른손을 내보이며 "이것 때문이다. 더 이상 감독님을 실망시키지 않을 것"이라고 다짐했다. 2013년 봉중근은 LG 선수로는 6년 만에 30세이브를 돌파했다. '이상훈의 저주' 또한 풀었다.

봉중근은 경기가 끝난 뒤에도 '마무리'를 계속했다. 6월 11일 자정을 조금 넘긴 시간, LG의 대전 원정숙소 우규민 방으로 전화가 걸려왔다. 봉중근이었다. "규민아, 오늘 잘 던졌다. 팔은 어때?" "괜찮습니다." "그래 몸 관리 잘해라." 짧은 통화가 끝났고 긴 여운이 이어졌다. 그는 이날 한화전에 선발 등판해 5이닝 2실점으로 승리투수가 됐다. 그러나 경기 전부터 감기 기운 때문에 컨디션이 좋지 않았다는 걸 봉중근을 잘 알고 있었다. 기분 좋게 이기긴 했어도 투구수 104개를 기록한 우규민이 걱정돼 전화를 한 것이다. 이것이 경기 후 봉중근의 또 다른 마무리다.

봉중근은 "후배들에게 매일 전화하는 건 아니다. 경험이 많지 않은 후배들을 위해 컨디션 관리나 경기 운영 등에 대해 자주 얘기하려 한다"고 했다. 봉중근은 투수진의 리더 역할을 충실하게 해냈다. 2013년 LG의 마운드, 특히 우규민 신정락 신재웅 등 젊은 선발 투수들이 풀타임을 뛰어본 경험이 거의 없기 때문에 산전수전 다 겪은 베테랑 봉중근이 이것저것을 챙겼다.

봉중근은 2013년 시즌을 시작하면서 "열정, 열정을 말하는데 실제로 우리가 얼마나 열정을 갖고 뛰었는지 반성해야 한다. 지난 10년처럼 똑같이 한다면 달라질 게 없다. 진짜 열정을 갖고 뛰어야 한다, 그래야 발

전할 수 있다"고 말했다. 통렬한 자기반성이자 LG 선수 모두에게 내뱉은 쓴소리였다. 봉중근은 마무리투수인 자신부터 독해지고 강해졌다. 아울러 모두를 향해 냉정한 소리를 쏟아냈지만 후배 각자에겐 따뜻한 손을 내밀었다. 그게 봉중근의 작지만 강한 리더십이었다.

'예쁜 오리새끼' 류제국

기자의 말이 뜬금없는 소리로 들렸을 것이다. 백순길 LG 단장은 확인하듯 다시 물었다.

"미국에 갔다고요?"

입단 조건을 놓고 입장차가 있었던 것은 사실이었다. 그러나 등을 돌릴 만큼 간극이 크지는 않았다. 이 같은 돌발 변수가 생길 줄은 LG 구단도 미처 예상하지 못했다. 2012년 12월 16일. LG와 입단 협상을 하던 류제국이 돌연 미국으로 출국했다.

류제국은 2007년 한국야구위원회(KBO)가 예외 규정으로 만든 '해외파 특별지명'을 LG로부터 받은 선수다. 메이저리그 정상급 선수로 성장한 추신수(SK 지명)를 제외하고 송승준(롯데)과 최희섭(KIA) 이승학(두산) 채태인(삼성) 김병현(넥센) 등 해외파 선수들이 같은 절차를 거쳐 국내무대에 섰다.

류제국은 2010년 4월 미국 메이저리그 텍사스에서 방출된 뒤 국내로 돌아왔다. 문제가 됐던 오른쪽 팔꿈치도 인대 접합 수술을 받고 좋아졌다. 공익근무요원으로 병역의무를 이행하면서 재활훈련을 했다. 공익근무를 마칠 즈음엔 2군 구장에서 몸을 잘 만들었고 있었다. 부상 재발 걱정은 안 해도 될 정도로 회복했다.

류제국의 LG 입단은 기정사실인 분위기였다. 류제국은 김병곤 전 LG 트레이너, 최원호 전 LG 투수의 도움으로 몸을 만들며 과거의 묵직한 공을 되찾아갔다. 소문만 무성했던 류제국의 구위에 대한 구체적인 증언들이 나오기 시작했다. 최고참 타자 최동수는 "던지는 거 보니까 류제국 그 녀석, 그릇이 다르더라. 앞으로 LG가 아주 재미있어질 것"이라고 소감을 전하기도 했다.

그러나 입단이 지연되면서 구단 안팎 여론이 냉담해 지기 시작했다. 입단 조건으로 류제국이 총액 13억 원 정도를 요구했고, 구단 제시액과 차이가 커서 협상이 잘 풀리지 않는다는 얘기가 나왔다. 류제국이 모종의 '다른 길'도 찾는다는 소식이 알려지자 그를 보는 시선은 더 차갑게 얼어붙었다. 여론은 류제국의 과거 행적까지 끄집어냈다.

류제국은 시카고 컵스 마이너리거 시절인 2003년 미국 천연기념물인 물수리를 공으로 맞히는 바람에 달갑지 않은 유명세를 치러야 했다. 멀리 있는 물수리를 향해 던진 공이 적중했고, 결국 그 새는 죽고 말았다. 사회봉사 100시간으로 죗값을 치렀고, CNN 방송에도 소개돼 동물보호단체 등의 거센 비난을 받았다. 여론은 걷잡을 수 없을 만큼 커졌다. 추방 압력에 살해협박을 받았다. 류제국은 사건 이후 상당한 후유증에 시달려야 했다.

국내에 돌아와서도 류제국은 다시 비난의 대상이 됐다. LG와 협상을 진행하며 '야구선수 류제국'이 아닌 '인간 류제국' 관점에서 혹평을 받게 됐다. 미국에서 특별히 보여준 게 없으면서도 LG에 무리한 요구를 하는 것처럼 보였다. LG 팬들은 그에게 실망했다.

류제국으로선 억울했다. 조건을 놓고 입장 차는 있었지만 꽤 좁혀가는 중이었다. 양측의 차이가 총액 5억 원에서 협상이 시작됐지만 여러 시일이 지나 1억 원 정도로 간격이 줄었다. 계약은 초읽기에 들어간 것과 다름없었다.

류제국이 협상을 중단하고 미국으로 떠난 건 자존심이 상한 탓이었다. 협상이 진행되는 동안 그는 '귀한 선수'라는 느낌을 받지 못했다. 그래서 미국행을 타진하기도 했다. 선수로서 할 수 있는 액션이었다.

LG 구단 역시 쉽게 물러설 수 없었다. 선수 계약에 성공보다 실패가 많았던 LG는 류제국에게 마냥 끌려갈 수만도 없었다. 양측은 평행선 위에 서 있는 것 같았다.

김기태 감독은 류제국이 늦어도 12월에는 계약을 마무리하기를 바랐다. 그래서 새해 1월 시무식 때 류제국이 동료들에게 인사를 하기를 원한 것이다. 그러나 류제국의 계약은 해를 넘겼고 시무식에 나타나지 않았다. 대신 류제국은 김기태 감독에게 새해인사를 겸한 문자메시지를 보냈다. "2주 후에 뵙겠습니다." LG에 꼭 입단하겠다는 마음을 김기태

감독에게만은 확실하게 전한 것이다.

김기태 감독은 류제국으로부터 온 문자메시지 내용을 공개했다. 비난 여론이 잦아들었고 분위기가 달라졌다. 그의 복귀 길이 다시 열린 것이다. 그러나 김기태 감독은 그 이상, 어떤 코멘트도 하지 않았다.

김기태 감독은 항상 팀 전체를 생각한다. 특정 선수에 의존하는 느낌을 주는 게 선수단 사기에 나쁜 영향을 끼칠 수 있다고 여긴 것이다. 속으로 류제국을 원했어도 겉으로는 드러내지 않았다. 류제국의 계약은 더 늦어졌다. 1월 중순 스프링캠프에도 합류가 불가능해졌다. 어차피 3월 말 개막 시점에선 쓸 수 없는 전력이었다. 김기태 감독은 그를 머릿속에서 지웠다.

우여곡절 끝에 1월 30일 계약이 성사됐다. 구단은 류제국과 계약금 5억5000만 원과 연봉 1억 원 등 총액 6억 5000만 원에 입단 계약을 했다고 발표했다. 그에게 주기 위해 비워둔 11번이 달린 유니폼도 함께 전달했다.

다음은 류제국이 보여줄 차례였다. 그는 커다란 기대를 받는 동시에 큰 의문을 갖게 하는 투수였다. 류제국은 덕수고 3학년 시절인 2001년 말 계약금 160만 달러를 받고 시카고 컵스에 입단했다. 미국에 머문 10년간 메이저리그에서는 통산 28경기 등판해 1승 3패 평균자책점 7.49를 기록하는 데 그쳤다. 마이너리그에서는 잠재력을 여러 차례 보여줬다. 키 190cm의 당당한 체구에서 나오는 파워피칭은 우완 정통파 에이스를 원하는 LG의 마음을 흔들었다. 그러나 부상 이력이 걱정이었고 국내무대에서 얼마나 통할지는 물음표였다.

류제국을 바라보는 LG의 심정은 복잡했다. 기대와 걱정이 교차했다. 송승준처럼 자리를 확실히 잡는 경우도 있었지만, 그렇지 않은 경우가 더 많았기 때문이다.

류제국은 2군 선수단에 합류한 뒤 점차 잠재력을 보이기 시작했다. 2군 경기에서 6경기 등판해 1승1패 평균자책점 2.93. LG 코칭스태프는 2군 기록 이상으로 류제국을 평가하기 시작했다. 류제국이 LG에서 어떤 존재가 될지 명확히 드러난 것은 국내에서 처음 1군 마운드에 선 날, 5월 19일이었다.

데뷔전 등판 전부터 화제만발이었다. 상대 선발은 KIA 오른손투수 김진우. 덕수고 류제국과 광주진흥고 김진우는 고교 시절부터 지독한 라이벌이었다. 국내에서 베테랑이 된 김진우와 상대하는 건 처음 1군 마운드에 서는 류제국에게 큰 부담이 될 수 있었다. 김기태 감독은 둘의 관계를 잘 알고 있었다. 그래서 싸움을 세게 붙였다. 류제국을 관중이 많은 일요일 잠실경기, 게다가 라이벌과 대결하도록 한 것이다.

사실 데뷔전 날짜는 류제국의 의견을 존중한 것이었다. 김기태 감독은 김진우가 나서는 KIA전과 관중이 상대적으로 적을 주중 삼성전을 놓고 류제국에게 고르라고 했다. 류제국은 "많은 팬들 앞에서 던지고 싶다"고 했다.

팬들과 미디어, 코칭스태프의 관심에 류제국은 멋진 피칭으로 응답했다. 류제국은 5.1이닝 동안 5피안타 4실점했다. 더 흔들린 건 라이벌

이었다. 김진우는 4.2이닝 동안 9피안타 7실점으로 류제국보다 먼저 무너졌다.

류제국은 첫 등판을 마친 뒤 "6회가 돼서야 관중의 함성이 들렸다. 예상 밖으로 꽤 긴장했다"고 털어놨다. 그러나 누구도 류제국이 그렇게 긴장했을 거라고 생각하지 않았다. 류제국은 첫 등판을 즐기는 것처럼 여유와 자신감이 넘쳐보였다.

류제국의 첫 등판을 본 많은 전문가들은 그의 등판 성적보다 배짱에 주목했다. 현장에서 경기를 지켜본 허구연 MBC 해설위원은 "타자들에게 밀리지 않았다. 시종 자신 있게 싸웠다. 구위와 구속을 떠나서 초구부터 과감하게 자기 공을 던져 스트라이크를 잡았다. 인상적인 데뷔전이었다"고 평가했다. 또 차명석 LG 투수코치는 "잠실구장 만원관중 앞에서 자기 공을 던졌다는 점을 칭찬하고 싶다"고 말했다.

류제국의 계속된 등판에서도 꿋꿋하게 자기 공을 던졌다. 최규순 심판원은 류제국 등판 경기의 주심을 봤던 기억을 떠올리며 "올해 본 투수 중 최고"라고 단언하기도 했다. 최규순 심판은 "2013년 여러 투수들 공을 봤지만 류제국의 피칭이 가장 인상적이었다. 찌를 때는 과감하게 찔러 넣고, 뺄 때는 살짝 빼더라. 승부를 할 줄 아는 투수라는 걸 느꼈다"고 칭찬했다.

류제국은 '미운 오리새끼'처럼 시즌을 출발했다. 그러나 마무리는 백조만큼 우아하고 화려했다. 다른 투수들보다 두 달 가까이 늦게 등판하고도 10승을 가뿐히 넘겼다. 뿐만 아니라 류제국 첫 등판 이후 LG는

54

전혀 다른 팀인 것처럼 상승곡선을 그렸다. 5월 중순 승률 5할 밑에서 허덕였던 LG는 큰 고비를 잘 넘겼다. 6월말까지 8연속 위닝시리즈(3경기 중 2승 이상)를 기록하며 상위권으로 치고 올라갔다. 류제국의 등장으로 LG 선발진의 숨통이 트인 덕분이었다.

2013년 초, 외국인투수 주키치가 부진해 선발 로테이션이 흔들렸다. 주키치가 슬럼프에서 헤어나오지 못했을 때 또 다른 외국인투수 리즈, 선발 전환 후 자리를 잡아가는 우규민 그리고 류제국이 확실한 원투스리 펀치 역활을 해줬다. 류제국이 기대 이상으로 던진 덕분에 LG 선발진에는 모처럼 안정감이 생겼다.

계약서에 사인한 뒤로 류제국은 처신에도 많이 신경을 썼다. 색안경을 쓰고 자신을 보는 시선을 의식한 류제국은 "그래서 더욱 조심했다. 어린 선수들에게 먼저 다가가고, 선배들에게 예의를 갖추려고 노력했다"고 말했다.

류제국은 먼저 인사하고 웃었다. 많은 야구 관계자들로부터 칭찬받는 선수가 됐다. 하나 선수의 이미지가 이렇게 빨리 달라진 경우는 거의 없었다. 그라운드 안팎에서 류제국은 LG의 보석 같은 존재가 됐다. 차명석 투수코치는 "내년에는 토종 15승 투수를 만들겠다"고 말했다. 물론 류제국을 가장 먼저 떠올리며 한 말일 것이다.

2002년의 주역,
그들이 앞장서다

2002년 11월 10일 한국시리즈 6차전이 열린 대구구장. 1루 원정 더 그아웃 뒤 라커룸의 간이침대에 한 청년이 죽은 것처럼 쓰러져 있다.

청년은 한동안 눈을 뜨지 못한 채 기절해 있었다. 얼마나 지났을까. 바깥 공기에 함께 큰 함성이 밀려왔다. 정신이 번쩍 들었다. 그는 누운 채로 그라운드를 향해 고개를 돌렸다. 뭔가 불길한 예감을 느낀 그는 "악" 소리를 한 번 내고 더그아웃으로 달려 나왔다. 전광판을 보니 경기는 벌써 9회가 진행 중이었다. 그 사이 생사를 건 혈투가 있었던 모양이었다. 9회말 9-9 동점. 마운드에는 선배투수 최원호가 보였고, 타석에는 삼성 4번타자 마해영이 방망이 끝을 흔들고 있었다. 뭔가 큰일이 날 것 같았다.

'무슨 상황일까?' 고개를 갸우뚱하는 순간 기분 나쁜 타격음이 들렸다. 하얀 야구공은 높이 떠 날아가더니 오른쪽 담장 너머 스탠드에 쾅

떨어졌다. 9-10. 한국시리즈는 그렇게 끝났다. 청년은 뺨이라도 한대 세게 맞은 것처럼 음을 터뜨렸다. 옆에서는 또 누군가의 울음소리가 들렸다.

그날 LG 선발 신윤호는 2회 1사까지밖에 버티지 못했다. 두 번째 투수로 마운드에 오른 이동현이 2이닝 5안타 3실점을 기록했다. 내용이 썩 좋지 않았다. 아무래도 체력과 정신력 모두 극한에 이른 탓인 것 같았다. 이동현은 플레이오프 5경기에 모두 등판했고, 한국시리즈 들어서도 3차전부터 내리 마운드에 올랐다. 지칠 대로 지친 그는 마운드에 내려온 뒤로 기억이 끊겼다.

탈진한 상태로 라커룸에 오래 쓰러져 있던 탓에 이동현은 6차전의 공방을 제대로 지켜보지도 못했다. 고졸 2년차, 스무 살 청년의 첫 포스트시즌은 허무하게 끝났다. 분한 마음에 눈물을 흘린 이동현은 다음 기회를 기약했다. 그러나 이동현의 다음 가을은 너무 멀리 있었다.

2002년 포스트시즌을 경험한 LG 선수들에게 2013년의 성공은 너무도 특별했다. 기쁜 감정 그 이상이다. 10년간의 설움과 아픔, 기쁨이 버무려져 형언할 수 없는 상태가 됐다. 그 결과는 그저 눈물이었다.

2002년 박용택은 대졸 신인이었다. 입단하자마자 포스트시즌을 풀코스로 맛봤다. 그에게 지난 10년을 얘기하면 금방이라도 눈물을 쏟을 것 같은 표정이 된다. 2002년 베테랑 선수로 활약했던 유지현 수비코치는 "그런 박용택을 백분 이해할 수 있다"고 했다. 2002년을 함께 뛴 멤버들에게 그해 가을은 참 많은 걸 남겼다. 그게 LG의 마지막 가을야구

였기 때문에 떨쳐낼 수도 없었다. 그들이 아니라도 많은 사람들이
2002년을 끄집어냈다.

이동현은 2013년 시즌 말 "지난 10년 동안 4강에는 매번 가지 못했
지만 늘 기회가 있었다. 그래서 포기하지 않았다. 언젠가는 당연히 가을
야구를 할 것으로 믿었다"고 말했다. 그러나 실패한 시즌이 누적되면서
선수들 사이에선 공포감이 확산됐던 것도 사실이었다.

'혹시, LG 유니폼을 입고 다시는 가을야구를 할 수 없는 건 아닌
가….'

박용택은 2002년 플레이오프 5차전에서는 홈런 2방을 때리며 플레이오프 최우수선수(MVP)로 뽑혔다. 그게 가을야구의 마지막이 될 거라고는 상상도 못했다. 그는 "당시만 해도 그냥 시키는 대로 정신없이 했다. 지금은 선배가 되어 후배들과 함께 싸웠다"고 전했다.

그들은 '야구 열등생' 취급을 받으며 무려 10년을 보냈다. 2002년 그들은 젊었고 강했으며 패기가 넘쳤다. 그런 그들에게 지난 10년은 도저히 받아들이기 힘든 시기였다. 그게 끝나는 순간은 더 믿기 힘들었다.

박용택은 서울 고명초등학교와 휘문중-휘문고-고려대를 거치면서 수차례 우승을 경험했다. 휘문고 2학년 때는 대통령배와 청룡기를 차지했다. 대통령배 MVP는 그의 몫이었다. 박용택은 "고교 시절엔 우리 팀 승률이 8할 정도는 된 것 같다"고 회상했다. 박용택뿐만 아니다. 주장 이병규(등번호 9번)와 투수 최고참 류택현, 내야수 권용관 최동수까지 비슷했다. 누구보다 야구를 잘했던 이들이기에 10년의 터널이 있을 거라고는 꿈도 꾸지 못했다.

박용택과 류택현은 LG에서 오랜 아픔을 고스란히 몸으로 받아냈다. 이병규는 2007년부터 3년간 일본 주니치에서 뛰며 일본시리즈 우승까지 경험했다. 그러나 LG 복귀 뒤에는 3년 연속 4강 탈락을 맛봤다. 또 최동수와 권용관은 SK로 트레이드된 뒤 쓸쓸하게 돌아왔다. 그들이 돌고 돌아 다시 뭉친 때가 2013년이었다. 2002년 멤버들은 돌아가며 MVP급 활약을 펼쳤다.

1997년 LG에 입단하자마자 최고 타자로 평가받았던 이병규의 진짜 전성기는 2013년이었다. 7월 5일 목동 넥센전에서 최고령 사이클링 히트를 기록했고, 7월 10일 잠실 NC전 첫 타석에선 손민한으로부터 안타를 뽑아내 10연타석 안타 신기록을 달성했다.

박용택은 시즌 내내 3할 타율을 유지하며 타선을 이끌었다. 1번타자부터 중심타자 역할까지 모두 해내며 2013시즌 LG 라인업의 출발점이 됐다.

팔꿈치 수술만 세 차례나 받은 이동현 또한 필승조 셋업맨으로 맹활약했다. 이동현은 "오른쪽 팔꿈치 인대 수술만 세 번하고 다시 마운드에 선 사람은 내가 처음이라는 말을 들었다"고 말했다. 쉼없이 수술과 재활훈련을 반복한 이동현은 2002년 이후 최고의 구위를 자랑했다. "남은 팔꿈치 인대도 LG를 위해 바치겠다"던 그는 데뷔 후 최고의 성적을 냈다.

류택현은 2010년 마흔 살 나이에 방출됐다. 팔꿈치 수술을 받았지만 불굴의 의지로 재기해 LG 유니폼을 다시 입었다. 왼손 셋업맨으로 꾸준히 홀드를 기록한 끝에 7월 16일 부산 롯데전에서 통산 118번째 홀드를 따냈다. 프로야구 최다 홀드 기록이다.

권용관은 2012년 말 SK에서 방출된 뒤 LG로 돌아왔다. 나이 많은 내야수의 효용 가치를 놓고 LG 역시 고민했지만, '보험용 내야수' 역할을 해줄 것을 그에게 주문했다. 권용관은 주전 유격수 오지환과 2루수 손주인이 피로할 때마다 공백을 착실히 메웠다. 팀 타선이 막힐 땐 적시타도 잘 때려냈다.

시즌 막판에는 은퇴를 준비하고 있던 최동수가 1군에 합류했다. 더이상 후배들과 경쟁하기 어려워진 최동수는 1군 엔트리에 이름을 올리지는 않았지만 후배들의 훈련을 도우며 땀을 흘렸다. 최동수가 1군 선수들과 함께 한 것은 주장 이병규의 부탁 때문이었다. 이병규는 긴 세월 LG와 함께한 선배에게 마지막 선물을 하고 싶었다. 이병규는 "우린 11년 만에 신나는 기분으로 야구를 하고 있다. 지금의 느낌을 동수 형과 함께하고 싶었다"고 말했다. 최동수는 "후배들의 환대에 따뜻함을 느꼈다"며 고마워했다.

지난 10년 동안 LG는 2002년 LG와 항상 비교를 당했다. 그들에게 그건 고통이었다. 2013년 그들은 '2002년 콤플렉스'를 극복했다. 이동현은 "시즌을 치르면서 2002년과 상당히 비슷하다고 느꼈다. 그때도 5월 말부터 상승세를 탄 뒤 조금씩 치고 올라갔다. 올해도 5월말부터 팀이 좋아져 높이 올라왔다"고 말했다. 류택현은 "2002년과 흡사한 점이 있다. 그러나 2013년 LG가 2002년 LG보다 강하다"고 했다.

그들은 2002년을 기억하며 더 강해진 2013년 전력에 대해 자부심을 느꼈다. 2002년 만큼 2013년 불펜은 강했다. 타선과 선발진은 당시보다 더 강하다는 평가를 받았다. 2002년 LG는 정규시즌을 4위로 마치고 포스트시즌을 시작했다. 2013년 LG는 2002년 못지 않았다. LG가 강해진 걸 누구보다 그들이 가장 잘 느끼고 있었다.

2013 LG 트윈스 하이라이트

2013년 LG 야구의 지향점은 무엇이었을까. 4강 진출이라는 목적은 절박했을 뿐 어떤 경기를 펼칠지는 미지수였다. 김기태 감독은 분명 이전과는 다른 LG를 만들고 싶어 했다. 과연 어떻게? 2013년 LG는 꽤 잘했다. 제법 많이 이겼다. 그러나 과거 챔피언처럼 압도적이거나 독보적이진 않았다. 하루 이기고, 하루 지고, 다음 하루는 이기면서 조금씩 강해졌다. 그러면서 10년간 LG 더그아웃을 드리우고 있던 패배의식을 떨쳐냈다. LG 야구는 이기면서 강해졌다. 선수들 표정이 밝아졌고, 팬들은 열광했다. 신나는 야구, LG 야구의 색깔이 드러나기 시작했다.

5월 23일 대구 삼성전

당시 LG 성적은 16승 21패(승률 0.432)였다. 김기태 감독이 마지노선으로 제시한 승패 차이가 −5였다. 순위는 한화와 NC 바로 위인 7위였다. 대구에서 디펜딩챔피언 삼성을 만난 타이밍 또한 좋지 않았다.

어려울 때 권용관이 해냈다. 22일 삼성전에서 홈런 포함해 2안타를 때려냈던 그는 23일에도 선발 3루수로 나섰다. 권용관은 1-1이던 6회 초 안타를 때려냈다. 후속타 때 3루까지 밟아 2사 1·3루. 정성훈 타석 때 권용관의 움직임이 심상치 않았다. 삼성 선발 윤성환이 던진 4구째 가 스트라이크 판정을 받아 볼카운트 2볼-2스트라이크가 됐다. 삼성 포수 이지영이 윤성환에게 공을 던지는 순간, 권용관이 바람처럼 홈을 파고들었다. 깜짝 놀란 윤성환이 공을 받아 재빠르게 홈으로 다시 던졌 지만 주자가 한 발 더 빨랐다.

대부분 이 상황을 홈스틸로 인정했다. 논란 끝에 공식기록상 야수실 책이 됐지만 LG에게 중요한 건 기록이 아니었다. 우리 나이로 서른여덟 살 노장의 용감하고 창의적인 플레이가 위축돼 있던 LG 선수들을 흔들 어 깨웠다. 슬라이딩을 하다 오른발을 다친 권용관은 더 뛰지 못하고 벤 치에 계속 앉아 있었지만 그 이상의 수고는 필요 없었다. LG는 권용관 의 결승득점을 끝까지 잘 지켜 3-2로 이겼다.

권용관은 1996년 입단한 수비 전문요원이다. LG의 어두운 시절을 겪다가 2010년 SK로 트레이드됐다. 그러나 SK에서 자리를 잡지 못해 방출됐고 다시 LG로 돌아왔다. 한 번도 주인공인 적이 없었던 권용관이 지만 2013년엔 LG 상승세의 주역 중 하나였다. 권용관은 최태원 3루코 치와 상의해 삼성 배터리가 느슨해진 틈을 노렸다.

이후 권용관은 주전 내야수들이 지칠 때마다 공백을 잘 메웠다. 하위타선에서 뜬금없이 장타를 몇 번 터뜨리기도 했다. 프로 18년 동안 산전수전을 다 겪은 권용관에겐 어렵고 힘든 기억들이 퇴적됐다. 베테랑의 경험은 의미 없이 묻히지 않았고, 2013년 LG가 살아나는 데 한몫을 했다.

6월 2일 광주 KIA전

광주로 향하는 LG 구단버스 안 공기는 그리 상쾌하지 않았다. 한화를 이기고 3연속 위닝시리즈를 달성했지만 고비 때마다 발목을 잡았던 KIA를 만나는 것이 썩 달갑지 않았다. 베테랑 투수 정현욱은 "선수들끼리 광주로 가면서 그런 얘기를 했다. 이번만 버텨내면 상승세를 탈 수 있다. KIA는 늘 껄끄러운 상대였는데 팀 분위기 좋을 때 잘해보자고 다짐했다"고 회상했다.

기대 이상이었다. 5월 31일 첫 경기에서 11-2로 완승하더니 2차전에선 윤석민을 내세운 KIA에 맞서 류제국을 앞세웠다. 7-3 승리로 LG는 23승23패, 승률 5할을 꼭 맞췄다.

기분 좋게 맞이한 6월 2일 광주의 초여름밤이 뜨겁게 달아올랐다. 김기태 감독은 0-2로 뒤진 7회초를 승부처로 여기고 대타로 김용의와 정성훈을 썼다. 그러나 1점도 따라가지 못하고 0-4로 밀렸다. 그러나 LG는 9회초 무사만루에서 포수 최경철 대신 대타 이진영을 내세웠다. 있을지 없을 지 모를 9회말 수비는 생각하지 않았다. 이진영은 밀어내기 볼넷을 얻었다. 2-4로 추격한 2사 2·3루에서 왼 무릎이 아픈 이진영 대신 투수 임정우가 2루 대주자로 나갔다. 임정우는 손주인의 적시타 때 홈을 밟았다.

4-4 동점으로 맞은 9회말 수비가 문제였다. 선발포수 윤요섭과 백업포수 최경철을 모두 썼기 때문에 포수를 본 경험이라곤 전혀 없는 1루수 문선재가 마스크를 썼다. 포구하기도 전에 앉은 자세부터 불편해 보였다. 1루엔 외야수 이병규(등번호 9번)가 섰다.

마무리 투수 봉중근은 문선재가 공을 놓칠세라 전력투구를 하지 않았다. 변화구도 거의 안 던졌다. 자신이 안타 맞을 걱정보다 문선재가 실수할까 염려했다. 9회말을 잘 넘긴 LG는 연장 10회초 문선재의 적시 2루타로 5-4 역전에 성공했다. 봉중근-문선재 배터리는 10말을 잘 막고 드라마 같은 승리를 마무리했다. 사상 최대의 포지션 파괴. 김기태 감독은 "선수들에게 낯선 포지션을 맡겨 스트레스를 준 것 같다. 정말 미안하고, 잘해줘서 고맙다"고 말했다. 김기태 감독은 개선장군들처럼 더그아웃으로 돌아오는 선수들을 향해 허리를 90도로 꺾어 감사를 전했다.

이날 승리로 LG의 팀 분위기는 절정에 이르렀다. '이렇게도 이길 수 있다', '누구라도 이길 수 있다'는 자신감으로 무장했다. 봉중근은 "강팀을 꺾는 희열을 선수들이 느끼기 시작했다. 팬들 관심부터 달라졌다. 젊은 후배들은 물론 LG의 베테랑들도 느껴보지 못한 것"이라고 전했다. LG는 이 경기부터 승리(24승)가 패배(23패)보다 많아졌고 2013 시즌이 끝날 때까지 몇 차례 위기를 잘 넘겼다.

9월 22일 창원 NC전

LG에게 9월 선두싸움은 상당히 벅찼다. 4강권에 안착하자마자 삼성과 선두싸움을 벌였고, 넥센과 두산이 거센 추격도 받아야 했다. LG는 9월 20일 잠실 두산전에서 에이스 리즈를 내고도 0-6으로 완패했다. 전날 SK에 2-8로 진 LG는 2연패를 당하며 13일간 지켰던 선두 자리를 삼성에 빼앗겼다.

LG는 창원 NC전에서 신중하게 경기를 풀었다. 상대 선발은 평균자책점 1위 찰리. 2회와 3회 선두타자가 안타로 출루하자 김기태 감독은 희생번트 작전을 냈다. 이후 적시타가 터져 1점씩 차곡차곡 쌓았다. 2-1로 앞선 4회말 2사 1루에선 선발 신재웅을 과감하게 내리고 신정락을 등판시켰다. 이 경기 후 이틀을 쉬기 때문에 선발 2명을 투입한 것이다. 6회 정성훈과 이진영의 연속안타로 무사 1·3루 기회를 잡았다. 김기태 감독은 다시 한 번 승부를 걸었다. 문선재 타석에서 이병규(등번호 7번)를 대타로 기용한 것이다. 이병규는 찰리로부터 쐐기 투런홈런을 터뜨리며 6-1 승리를 이끌었다.

이로써 71승 49패(승률 0.592)를 기록한 LG는 포스트시즌 진출을 확정했다. 남은 8경기를 모두 패하더라도 최소 준플레이오프에 나가게 된 것이다. 지난 10년간 악령처럼 따라다녔던 DTD의 저주와도 작별했다. LG는 선두 삼성을 승차 없이 쫓으며 다시 힘을 내기 시작했다.

경기 후 LG 더그아웃은 시끄러웠다. 이미 8월 중순 이후에 4강 진출은 충분히 가능해 보였기 때문에 눈물이 보이지는 않았다. 박용택은

"4강을 확정하면 눈물이 날 것 같았는데 진짜 별 게 없다. 돌이켜보면 모두가 신뢰하며 잘해줬다. (4강이) 끝이라면 눈물이 났겠지만 더 높은 곳이 있으니까 앞으로 긴장과 여유 사이에서 좋은 경기를 하겠다"고 다짐했다. 김기태 감독은 "(4강에 진출하겠다는) 팬들과의 약속을 지킬 수 있어 영광이다. 우리 선수들이 너무 사랑스럽고 자랑스럽다"고 말했다.

독한 예방주사 '엘넥라시코'

　　LG는 프로야구 라이벌 구도의 한가운데 있다. 서울 잠실구장을 함께 쓰는 두산과는 '한지붕 라이벌'이고, 삼성과는 '재계 라이벌'로 불린다. 팬들의 응원열기를 따지면 KIA · 롯데와도 라이벌이다. 최근엔 넥센도 LG의 라이벌 구도에 들어와 있다. 야구팬들은 LG와 넥센의 대결에 '엘넥라시코'라는 별칭을 붙였다. 스페인 프로축구 최고의 라이벌전 엘 클라시코(El Clásico, 레알 마드리드와 바르셀로나의 앙숙대결)로부터 따온 이름이다. 만나기만 예측불허의 접전을 벌인다고 해서 두 팀 이름의 앞 글자를 땄다.

　　2013년 LG는 고비 때마다 넥센을 만났다. 어쩌면 넥센을 만난 것 자체가 고비였다. 넥센을 꺾고 자신감을 찾기도 했고, 넥센에 패한 뒤 흔들리기도 했다. 결과적으로 넥센전은 LG가 시즌 끝까지 긴장감을 유지하는데 도움이 됐다. 아주 독한 만큼 효과적인 예방주사였다.

7월 5일 목동(넥센전)

'엘넥라시코'의 진수를 볼 수 있는 경기였다. 화려했고, 처절했다. 승자의 환희와 패자의 아픔이 다른 경기보다 훨씬 극명하게 갈렸다. 이날 LG와 넥센은 안타 26개를 주고받았다. 이병규가 사이클링 히트를 기록하며 활약했지만 타격전의 결과는 넥센의 12-10 역전승.

LG 선발 리즈와 넥센 선발 밴헤켄은 모두 3회를 넘기지 못하고 강판됐다. 이병규는 1회 좌전안타, 3회 3점 홈런, 5회 2루타를 때린데 이어 7회 중견수 앞으로 좋은 타구를 날렸다. 넥센 이택근이 다이빙캐치를 시도하다 타구를 뒤로 빠뜨렸다. 적토마가 달렸다. 아픈 다리를 끌고 3루에 안착, 역대 최고령(38세 10개월 19일) 사이클링 히트 기록을 세웠다.

이병규 이전까지 사이클링 히트는 역대 14차례 나왔다. 이 기록이 나오면 팀은 모두 이겼다. 그러나 넥센의 기는 꺾이지 않았다. 문우람이 6회말 투런포를 때려 LG를 6-8로 압박했고, 뒤진 상황에서도 불펜의 필승조를 계속 투입했다. 추가 실점을 막은 넥센은 7-9로 뒤진 8회말 박병호의 투런홈런으로 승부를 원점으로 돌렸다.

난타전의 끝은 묘했다. 8회말 이택근과 강정호의 연속안타, 그리고 김민성의 고의사구로 넥센은 1사 만루 기회를 얻었다. 2루 주자 강정호의 리드가 크다 싶었을 때, 견제능력이 뛰어난 봉중근은 2루로 견제구를 던졌다. 넥센은 이걸 노렸다. 일부러 견제를 유도한 것이다. 상대의 강점을 역이용해 함정을 파놓은 것이다. 그 사이 발 빠른 3루 대주자 유재신이 득점에 성공, 넥센은 기어코 10-9 역전에 성공했다. LG는 8회

말에만 5실점하며 무너졌다. 상대의 기습에 당한 LG는 뼈아픈 자기반성의 기회를 가졌다. LG는 더 세밀해져야 한다는.

8월 20일 목동(넥센전)

서로에게 지독한 경기였다. LG는 1회초 박용택의 볼넷과 이병규(등번호 7번)의 안타로 무사 2·3루 기회를 잡았다. 이진영의 내야땅볼로 가볍게 선취 득점. 2사 1·3루에서 권용관의 좌전 적시타가 터져 2-0으로 달아났다.

넥센은 1회말 곧바로 반격했다. 문우람의 2루타, 박병호와 강정호의 볼넷으로 2사 만루를 만든 뒤 김민성의 밀어내기 볼넷으로 1-2로 추격했다.

다시 LG의 역공. 3회초 2사 후 정성훈과 이병규(등번호 9번)의 연속안타로 1·2루를 만든 뒤 권용관의 2루타로 3-1, 2점 차 리드를 다시 잡았다. 이어 김용의의 내야안타로 4-1. 3회말 이택근에게 솔로홈런을 맞았지만 곧바로 4회초 정성훈의 적시타로 다시 3점 차를 유지했다.

LG는 8회말 안타와 볼넷, 그리고 실책 등으로 무사 만루에 몰렸다. 유한준에게 적시타를 맞아 5-3으로 쫓겼다. LG 1루수 김용의는 서동욱의 강한 땅볼을 잡아 홈 송구에 성공했고, 다시 이어진 1사 만루에서는 송지만의 땅볼을 더블플레이로 연결했다.

선발 신정락은 넥센전 6경기 만에 첫 승리를 거뒀고, 5-3 승리를 잘 지키고 시즌 31세이브를 기록한 봉중근은 구원 단독 선두에 올랐다. 그라운드를 밟은 모든 LG 선수가 넥센을 이기기 위해 아낌없이 몸을 날렸다. 넥센전 3연패를 끊어내는 승리.

'엘넥라시코' 승리는 달콤했다. 이날 삼성이 SK에 패하면서 LG가 시즌 처음으로 단독 선두(59승 39패 승률 0.602)에 올라선 것이다.

LG가 8월 이후 1위에 오른 건 야구 연감을 한참 뒤져야 찾아볼 수 있는 기록이었다. 1995년 이후 LG는 18년 만이었다. 후반기 1위 기록은 1997년 7월 16일 이후 약 16년, 일수로는 5879일 만에 이뤄낸 성과였다.

선두에 오르기까지 그토록 오랜 시간이 필요했지만 내려오는 데에는 단 하루만 걸렸다. LG의 선두 등극을 일일천하로 만든 팀 역시 넥센이었다.

이튿날엔 반대 상황이 일어났다. LG는 4-2로 앞선 8회말 수비 때 무사 2·3루 위기에 몰리자 이동현을 내리고 사이드암 김선규를 올렸다. 전날 1.2이닝을 던진 봉중근을 조금이라도 아끼기 위해서였다. 넥센 김민성이 역전 3점홈런을 쏘아올려 승부는 허망하게 끝났다. 넥센은 LG를 하루 만에 선두에서 끌어내렸다.

약 주고 병 줬다.

8월 27-28일 잠실(넥센전)

1위를 추격 중이었던 LG, 4위를 지켜야 했던 넥센 모두 절박한 시점에서 만났다. 그럴수록 '엘넥라시코'는 뜨겁기 마련이다. LG는 사흘 휴식 후 27일 잠실경기에 나섰다. 넥센과의 2연전 후 또다시 이틀을 쉬는 유리한 일정이었다.

총력전이 펼쳐졌다. 두 팀에게 필요한 건 단 1점이었다. 넥센은 1회 초 2사에서 이택근이 안타를 치고 나가 2루를 훔쳤다. 이어 박병호가 중전안타를 때려 선취점을 올렸다. 이게 결승점이 됐다. 넥센 야수들은 고비마다 호수비를 펼치며 승리를 지켰다.

LG 선발 우규민이 5.1이닝 1실점으로 호투한 데 이어 신재웅이 0.1이닝, 유원상이 3.1이닝을 무실점으로 막았다. 그러나 결정타가 터지지

않았다. LG 타선은 안타 7개, 사사구 5개를 얻었으나 중요할 때 병살타가 나와 자멸했다. LG의 잔루는 10개였다.

이튿날인 28일 경기 역시 라이벌전다웠다. LG 타선은 4회말까지 넥센 선발 오재영에게서 안타를 하나도 때려내지 못했다. 0-2로 뒤진 5회말 정성훈과 이병규(등번호 9번)의 연속 안타로 1점을 추격했다. 이어 1사 만루에서 윤요섭이 2타점 적시타를 터뜨려 LG가 3-2로 경기를 뒤집었다.

그러나 LG는 더 이상 기세를 몰아가지 못했다. 계속된 1사 만루에서 추가점을 뽑아내지 못해 넥센의 추격의지를 꺾는 데 실패했다. LG 불펜진이 부담을 느낄 만한 상황이 됐다. 넥센 박병호는 2-3으로 뒤진 8회초 1사 2루에서 투런 홈런을 터뜨렸다. LG는 3-4로 뒤진 9회초 마무리 봉중근을 내보냈지만 끝내 재역전에 실패했다. 이날 넥센은 LG를 잡고 두산과 함께 공동 3위에 올랐다.

2연전 체제에서 두 경기를 모두 내준 건 매우 뼈아팠다. 모두 1점 차 경기였다. 2013년 LG가 달라진 건 박빙 승부에 강해졌다는 점이다. 그러나 유독 넥센에는 통하지 않았다. 예년처럼 넥센에 크게 지지는 않았지만 접전에서는 여전히 뒷심이 부족했다.

LG로서는 넥센이 두고두고 원망스러울 터였다. 아마 이때의 충격이 6월이나 7월에 왔다면 LG는 급격히 흔들렸을지도 모른다. 그러나 5월 하강, 6월과 7월 반등을 이미 겪은 LG는 크게 휘청거리지 않았다.

시즌 마지막 맞대결은 9월 29일이었다. LG가 삼성을 끝까지 추격했던 시점에서 넥센은 또 한 번 뼈아픈 패배를 안겼다. 2013년 LG는 모든 팀과 잘 싸웠지만 넥센에게 만큼은 상대전적 5승11패로 크게 밀렸다.

Part **2**

실패의 조각들,
미래를 위한 역사들

2002년 김성근,
LG 야구 브랜드가 바뀌다

2001년 4월, LG는 수렁으로 빠져들고 있었다. 개막 후 1승9패. 개막 3연패에서 가까스로 벗어났지만 다시 6연패에 빠져들자 구단은 응급처치에 들어간다. 2000년 말 영입한 김성근 2군 감독을 1군 수석코치로 올려 분위기 전환에 나선 것이다. LG는 곧바로 4연승을 달리며 반등하는 듯했다. 그러나 팀 심장부까지 파고든 병세까지 치유하진 못했다. LG는 회생 불능 상태로 치닫고 있었다. 5월이 되자 이미 꼴찌에서 벗어나지 못할 것처럼 보이기까지 했다.

5월 중순 LG는 시즌 두 번째 6연패를 당했다. 9승1무25패. 바닥으로 떨어져 좀처럼 일어서지 못했다. 구단은 결국 최후의 카드를 꺼내놓았다. 이광은 감독을 낙마시키고, 김성근 수석코치에게 감독대행 역할을 맡겼다. 김성근과 LG의 만남. 그 시작은 훗날 한국 프로야구 역사에 의미 있는 발자취로 남게 됐다.

LG는 1994년 한국시리즈 챔피언에 오른 뒤 더 이상 정상을 차지하지는 못했지만, 스타군단으로서의 입지는 여전히 탄탄했다. 더구나 2001년을 앞두고 해태에서 FA로 풀린 오른손 거포 홍현우를 데려왔다. 또 한화에서 활약했던 외국인타자 로마이어까지 영입해 오른손 거포에 대한 갈증도 씻어낼 것 같았다. 양준혁 이병규 김재현 서용빈 등으로 이어지는 초호화 좌타 라인에 홍현우와 로마이어까지 가세하자 LG는 다시 우승후보로 적극 추천됐다.

그러나 방망이로 하는 야구는 한계가 분명했다. 점수를 많이 벌기도 했지만, 결국 더 많이 잃었다. 밑 빠진 독에 물 붓는 것처럼, 경기가 끝나면 남는 게 없었다.

김성근 감독은 감독대행 신분이었지만 두 가지 측면에서 팀의 체질 개선을 시작했다. 우선 마운드 바로 세우기부터 시작했다. LG는 '노송' 김용수가 은퇴한 데다 장문석마저 제자리를 잡지 못해 붙박이 마무리 없이 시즌을 치르고 있었다. 김성근 감독은 공석인 마무리 자리에 지난 7년 동안 가능성만 보였던 신윤호를 중용했다. 마운드 리빌딩의 시작은 처음(선발진)이 아닌 끝(마무리투수)이었다.

신윤호는 영화 속 주인공 같았다. 마운드에 오를수록 지치기는커녕 점점 강해졌다. 시즌을 마치자 15승 6패 18세이브 평균자책점 3.12를 기록했다. 만년 유망주가 신데렐라처럼 단숨에 투수 3관왕(다승·구원·승률)에 올랐다.

김성근 감독은 선수의 강점과 특징을 파악하고 활용하는 능력이 탁월했다. 그것을 이용해 팀과 선수 모두를 살리려 했다. 신윤호는 시속 150km가 넘는 강속구를 쉽게 던졌다. 그러나 좀체 제구를 잡지 못했다. 스트라이크를 잡아야 할 타이밍에서 슬며시 느린 공을 던지다 안타를 얻어맞기 일쑤였다. 신윤호는 김성근 감독의 지도 아래 슬라이더를 중점적으로 다듬었다. 단 며칠 만에 슬라이더가 눈에 띄게 날카로워진 건 아니었다.

김성근 감독은 새로운 면을 발견했다. 보통은 직구 제구를 잘 잡는 투수라도 변화구 컨트롤에 어려움을 겪는다. 반면 신윤호는 슬라이더만큼은 원하는 곳으로 던질 줄 알았다. 필요할 때 스트라이크를 확실히 잡을 수 있는 구종을 얻은 것만으로도 신윤호는 전혀 다른 투수가 됐다. 슬라이더로 볼카운트를 조절하다가 승부할 때는 강속구를 뽐어냈다.

김성근 감독은 기존과는 다른 각도에서 선수들을 바라봤다. 선발 라인업 구성은 매일 바뀌었고, 구원투수 투입시기와 대타교체까지 선수의 장단점을 십분 고려해 결정했다. 같은 선수를 다르게, 강하게 활용하는 데 탁월했다. 덕분에 시즌 초의 LG와 시즌 중반을 거쳐 종착역을 향해 달려가는 LG는 전혀 달랐다. 김성근 감독이 부품 관리를 한 뒤로 LG 야구의 성능은 놀랍게 발전하고 있었다.

LG는 김성근 감독이 지휘봉을 잡은 뒤 잔여 시즌에서 49승7무42패(승률 0.538)를 기록했다. 출발이 워낙 처졌던 탓에 최종 순위 6위에 머물렀지만, 추진력이 있는 후반기 레이스로 다음 시즌을 향한 기대를 낳게 했다. 2001년 LG의 질주에는 스토리까지 있었다.

김성근 감독은 더욱 큰 그림을 그렸다. LG의 소프트웨어를 손 볼 방법을 구상한 것이다. 김성근 감독은 LG 선수들이 불필요한 스타 의식에 젖어있다고 판단했다. 팀보다는 개인을 앞세우는 모습이 김성근 감독 눈에 보였다. LG의 전력이 1994년처럼 우월했다면 몰라도 2000년대 LG는 그렇지 못했다. 하나로 뭉치지 못하면 다른 팀을 이길 수 없었다.

김성근 감독은 '책임 야구'를 강조했다. 한 선수의 플레이가 팀 전체에 미치는 영향을 생각하도록 했고, 팀을 최우선으로 여기도록 가르쳤다.

2001년 6월 어느 날. LG는 SK를 만나 거의 10점차로 밀리고 있었다. 경기 후반 좌중간으로 빠지는 타구를 중견수 이병규가 천천히 쫓아갔다. 김성근 감독은 그 장면을 마음에 담아뒀다. 경기가 끝난 뒤 김성근 감독은 선수들이 모두 모인 곳에서 이병규를 세워놓고 호되게 혼을 냈다. 다른 팀에서는 간판선수도 잘못했을 때는 감독으로부터 가끔 야단을 맞는다. 그러나 LG에선 거의 없는 일이었다. 때문에 LG 선수들은 이병규가 야단맞는 장면을 보고 깜짝 놀랐다.

이병규뿐만 아니었다. 양준혁은 경기 도중 벤치 앞 난간에 발을 올려

놓고 있다가 김성근 감독에게 심한 꾸지람을 들었다. 이미 특급스타였던 이병규나 양준혁에겐 그 상황이 매우 불편했을 것이다. 그러나 둘은 오히려 그 일 이후로 김성근 감독을 잘 따랐다.

김성근 감독은 당시를 돌이키며 "높은 곳에 갈수록 사람이 그리워지기 마련이다. 스타가 되면 야단치는 사람이 사라지기 때문"이라며 "스타라고 해서 혼내야 할 일을 그냥 넘어가고 뒤에서 나쁜 얘기를 한다면 그게 더 잘못이다. 감독은 선수를 진심으로 꾸짖을 줄 알아야 한다"고 말했다.

2001년 LG의 마지막은 괜찮았다. 그러나 2002년 새 시즌은 또 다른 도전이었다. 스토브리그에서부터 팀은 삐걱거렸다. LG 구단은 간판선수들을 중심으로 대대적인 연봉 삭감에 나섰다. 그 여파는 선수들 사기 저하로 이어졌다. 스프링캠프 분위기가 축 처졌다. 전력을 보강해야 할 상황이었지만 FA 양준혁이 삼성으로 떠나는 손실이 있었다.

게다가 듬직한 마무리 신윤호도 상당한 후유증을 앓고 있었다. 신윤호는 2001년 말 대만에서 열린 야구월드컵에 출전한 뒤 오른쪽 어깨 통증을 호소했다. 2002년 신윤호의 구위는 뚝 떨어졌고 LG 마운드 전체가 흔들리기 시작했다. 2002년에도 LG는 4강에 가기 어려워 보였다.

2001년 못지않게 2002년 봄은 힘겨웠다. 그런데 LG는 대반전의 물꼬를 텄다. 미국에 진출했던 이상훈이 돌아왔다. 김성근 감독은 불펜진을 다시 구축할 수 있었다. 마무리 이상훈을 축으로 세웠고 셋업맨 이동현과 장문석이 뒤를 받치는 필승조를 완성했다. 또 팔꿈치 수술을 받고 재활훈련을 해온 톱타자 유지현이 합류했다.

LG는 5월까지 19승1무25패(승률 0.432)로 더딘 걸음을 걸었지만, 6월부터 본격적으로 추격전을 시작했다. 몇몇 스타 플레이어에게 의존하지 않는 김성근 감독 특유의 야구가 위력을 발휘하기 시작했다. 당뇨병 탓에 선수생명을 이어가기 어려울 것 같던 심성보가 잘해줬다. 만년 대타 요원이었던 최동수와 무명에 가까웠던 유격수 권용관도 알토란 같은 역할을 했다. 상대적으로 약했던 선발진도 든든한 불펜진 덕분에 안정을 찾았다. 결국 LG는 66승6무61패(승률 0.520) 정규시즌 4위를 차지하며 포스트시즌 티켓을 따냈다.

정규시즌을 치르며 김성근 감독은 기존의 LG 색깔을 지우려 했다. 그러나 포스트시즌을 앞두고 선수단 미팅을 열어서 오히려 LG를 화두로 내걸었다.

"가슴 속에 LG 선수라는 프라이드를 갖고 뛰어라."

김성근 감독은 더 이상의 설명을 부연하지 않았다.

거북이처럼 기어서 4강에 오른 LG는 포스트시즌에선 빠르고 역동적으로 변했다. 정규시즌을 치르며 LG 선수들의 승부 근성은 상당히 강해져 있었다. 김성근 감독이 믿기 시작했을 만큼 LG 선수들은 달라져 있었다. LG는 준플레이오프에서 현대를 상대로 2연승을 거뒀다. 플레이오프에서는 접전 끝에 KIA를 3승2패로 꺾었다. 두 팀 모두 LG보다 훨씬 강한 팀이라고 여겨졌지만 LG의 응축된 힘이 폭발하자 당해내지 못했다.

정규시즌까지 LG는 김성근 감독의 지휘에 따라 움직였다. 그러나 포스트시즌 들어서는 선수 중심으로 돌아가고 있었다. 가을야구를 지휘하던 김성근 감독은 "선수들이 알아서 움직이고 있다. 난 하는 일이 없다"며 웃었다. 실제로 김성근 감독의 낯빛은 정규시즌 때보다 훨씬 편안해 보였다.

LG가 한국시리즈에 올라온 것만으로도 팬들은 열광했다. 매 경기 다른 영웅이 탄생하며 팬들 마음에 불을 지폈다. 삼성과의 한국시리즈를 앞두고는 고관절 부상으로 선수생명이 끝날 위기에 놓여있던 김재현이 팀에 합류했다. 뜨겁게 불붙었던 LG 팬들의 마음은 눈물로 촉촉이 젖기 시작했다.

LG는 한국시리즈에서 2승4패로 졌다. 그러나 패자는 아니었다. 승자는 삼성이었고, 주인공은 LG였다. 김성근 감독은 6차전 9회말 마해영에게 끝내기 홈런을 맞자 슬며시 벽 쪽으로 고개를 돌렸다. 강인하기만 했던 그가 눈시울을 붉혔다. 김성근 감독 눈앞에 어려움에 부딪히고 그걸 극복해낸 과정이 파노라마처럼 스쳐 지나갔다.

김성근 감독에게 가장 쓸쓸했던 경기, 11월 10일 한국시리즈 6차전이 그렇게 끝났다. 그는 술로 아쉬움을 달래지 않았다. 다음날 새벽 서울에 도착하자마자 곧바로 다음 시즌을 위한 훈련계획을 짰다. 그러나 그로부터 12일 뒤 김성근 감독은 해임 통보를 받았다. 팀 운영과 코칭스태프 조각 등을 감독이 주도해야 한다는 김성근 감독의 뜻과 LG 프런트의 운영 철학이 맞지 않는다는 게 이유였다. 김성근 감독에게도, LG 팬들에게도 큰 충격이었다. 많은 팬들의 반발로 김성근 감독과 구단의 갈등은 상당 시간 지속됐다. 결국 김성근 감독은 또 홀연히 떠났다.

김성근 감독은 LG 지휘봉을 잡자마자 큰 변화의 필요성을 느꼈다. 당시 LG는 최악이었기 때문에 대대적인 개혁이 필요하다고 믿었고 뜻한 바를 추진했다. 알게 모르게 김성근 감독도 LG 유니폼을 입은 뒤로 변하고 있었다. 과거 몸담았던 어느 팀에서도 느껴보지 못한 뜨거운 팬사랑 덕분이었다.

김성근 감독은 성수동 자택 근처를 산책하며 LG 팬들을 자주 만났다. 과거 서울 거리에서 그를 알아보는 사람들은 많지 않았다. LG의 힘과 매력을 새삼 확인했고, 김성근 감독은 또 다른 고마움을 느끼고 있었다. 더욱이 2002년 LG의 포스트시즌은 드라마보다 감동적이었다. LG의 극적인 상승세와 함께 김성근 감독의 인기도 비례해 올라갔다.

"LG 팬들이 포스트시즌에서 찬바람을 맞으며 응원해준 장면은 언제 어디서 야구를 하더라도 절대 잊을 수 없을 것이다. 감독들이 한 번쯤 LG를 맡아보고 싶어 하는 이유도 이제는 알 것 같다."

쓸쓸하게 떠난 김성근 감독은 2007년 SK 사령탑으로 돌아왔다. 그때 김성근 감독은 팬 친화적인 사람이 되어 있었다.

멈춰버린 신바람

2002년 한국시리즈가 끝나고 이틀 뒤 김성근 감독과 어윤태 LG 스포츠단 사장이 마주했다. 포스트시즌 내내 달아올랐던 열기가 세상 곳곳에 남아 있을 때였다. 그러나 그 자리만은 예외였다. 덕담 같은 건 없었다. 냉랭했다. 이전부터 감독과 사장의 소통 창구는 거의 막혀 있었다. 좋은 성적을 내지 못하면 김성근 감독이 해임될 것이라는 소문이 시즌 중에도 파다했다.

어윤태 사장은 신바람 야구의 주창자였다. 그는 1994년 LG가 한국시리즈에서 우승할 때 구단 단장이었다. 이후 구단을 떠났다가 LG가 우여곡절을 겪었던 2001년 말 그는 스포츠단 사장으로 돌아왔다. 당시 LG는 예전 LG와 달랐다. 현장 지휘권은 김성근 감독이 대부분 갖고 있었다. 김성근 감독은 어윤태 사장 전임 수뇌부가 발탁한 인물이었다. 어윤태 사장은 김성근 감독이 전면에 나서는, 감독 주도의 야구가 영 마땅치 않았다. 어느 구단이나 구단의 권한과 감독의 권한 경계에는 분쟁의 소지가 있다. 김성근 감독과 어윤태 사장은 각자의 권한이 침범당했다고 생각하고 있었다.

신바람 야구의 개념은 '선수의 기(氣)를 살려 그라운드에서 최대 능력을 발휘하게 하자'는 것으로 요약할 수 있다. 신바람 야구의 지향점과 김성근 감독의 생각은 정반대다. 김성근 감독은 LG 선수단에 낀 거품을 빼고 실리 위주의 팀을 꾸리려 했다. 양측이 추구하는 가치는 출발선부터 어긋날 수밖에 없었다.

어윤태 사장이 이끄는 프런트는 신바람 야구의 부흥을 꿈꿨다. 2002년 LG의 대반전 스토리를 돌이키면서도 감독이 너무 주목받는 것을 썩 달가워하지 않았다. 2002년 전체를 두고 어윤태 사장은 "올해는 'LG 야구'가 아니라 '김성근 야구'를 했다"고 폄하하기도 했다.

당시 여론을 감안하면 김성근 감독을 경질하는 건 어윤태 사장이 폭풍우 속으로 뛰어드는 것과 다를 바 없었다. 김성근 감독은 바닥에서 기고 있었던 팀을 한국시리즈에까지 올려놨다. 팬들의 영웅이 된 김성근 감독을 계약기간 1년 남기고 해고하는 건 무시무시한 역풍이 뒤따를 일이었다. 어윤태 사장은 모든 걸 각오하고 강공 드라이브를 걸었다.

역시 여론은 무서웠다. 구단을 향한 비난이 쏟아졌다. 그렇다고 어윤태 사장에게 퇴로가 있는 것도 아니었다. 일단 칼을 빼든 프런트는 앞만 보고 달렸다. LG 구단은 1990년대 영광을 되살리고자 했다. 신바람 야구의 영광을 되찾기 위한 맞춤형 진영부터 갖췄다. 당장은 거센 소나기

를 맞더라도 신명나는 야구를 다시 한 번 구현할 수 있다면 비난 여론을 돌이킬 수 있을 거라는 청사진도 그렸다.

LG 구단은 1994년 LG 사령탑이었던 이광환 감독을 재영입했다. 사실 어윤태 사장 체제가 구축된 후부터 이광환 감독이 돌아올 거라는 소문이 야구계에 나돌았다. 김성근 감독 경질 후 이광환 감독 영입 발표는 당연한 수순으로 여겨졌다.

LG 프런트는 선수단 구성을 주도했다. 공격야구의 부활을 위해 외국인선수 두 명을 마르티네스와 쿡슨 등 타자로만 채웠다. 현장에서 투수

가 필요하다는 목소리도 나오기는 했다. 그러나 신바람 야구를 다시 펼치기 위해서는 투수보다는 타자가 필요했다. 또 그것이 '벌떼 야구'로 상대 팀을 괴롭혔던 2002년 김성근 야구와 차별화하는 길이기도 했다.

이상하게도 LG가 강한 타자를 갈망할수록 그들은 더 멀리 도망갔다. 선수생명을 걸고 고관절 수술을 한 김재현은 2003년 전반기를 건너뛰고 있었다. 간판타자 이병규는 5월 말 왼 무릎 십자인대 파열로 사실상 시즌을 접게 됐다. LG는 별 볼일 없었던 쿡슨을 퇴출시키고 대체 용병으로 알칸트라를 영입했다. 그래도 LG 타선은 약했다.

시즌 초반은 그럭저럭 견뎌냈다. LG는 4월을 10승1무10패로 마친 뒤 5월 한 달간 14승1무10패로 선전하며 4위에 올라섰다. 입단 5년째를 맞은 왼손 강속구 투수 이승호가 급성장한 덕분이었다. 이승호는 그해 11승11패 평균자책점 3.19를 기록하며 에이스로 활약했다. 그는 탈삼진왕에 오를 정도로 시원시원한 투구를 했다. LG가 전반기를 잘 치를 수 있었던 이유는 선발 이승호와 마무리 이상훈을 중심으로 한 마운드 덕분이었다.

얄궂게도 LG는 그다지 중요하게 생각하지 않은 마운드에서 희망을 볼 수 있었다. 팀 평균자책점 3.98로 전체 2위에 올랐다. 반면 보강에 열을 올린 타선은 팀 타율 0.249에 그쳤다. LG 타선은 전체 최하위까지 떨어졌다.

LG의 2003년은 희망과 절망이 수시로 오버랩됐다. LG는 여름 끝자락까지 포스트시즌 진출 희망을 잃지 않았다. 4위와 5위를 오가던 7월

29일 광주 KIA전에서는 김재현이 빛나는 복귀전을 치렀다. 돌아온 김재현은 솔로홈런을 포함해 4타수 3안타 3타점을 터뜨렸다.

김재현은 드라마 주인공처럼 돌아왔다. 그는 대퇴골두 무혈성 괴사증으로 그해 1월 경희의료원에서 대수술을 받았다. 엉덩이뼈에 피가 잘 통하지 않는 병이었다. 그러나 LG 구단은 김재현의 복귀 드라마를 적극적으로 돕지 않았다. 그의 선수생활을 긍정적으로 예상하지 않았기 때문이었다. 결국 김재현은 'LG 선수로 뛰다가 수술 부위가 재발하면 본인이 책임진다'는 각서를 쓰면서까지 복귀했다. 각서 파동은 훗날 김재현과 LG가 갈라서는 단초가 됐다.

어쨌든 김재현은 LG 타선에 새 바람을 일으킬 것으로 기대됐다. 그 또한 일시적 현상으로 끝났다. LG는 5연승으로 8월을 시작하며 4위를 지키는 것 같았다. 그 뒤로 길고 긴 추락을 맛봤다. 8월 한 달 동안 6연패와 5연패를 한 차례씩 당했다. LG는 4강권에서 서서히 밀려나기 시작했다.

LG는 2003 시즌을 시작하기 전부터 팬들의 원망을 많이 들었다. 김성근 감독을 경질했으니 더욱 뭔가 보여줘야 했다. LG는 그러지 못했다. 9월 초만 해도 희망이 살아있었다. 9월 13일 열린 한화와 더블헤더를 모두 1점차 끝내기 패배로 내주는 등 대전 네 경기를 모두 내주면서 주저앉았다. 여기서 LG는 4위 SK를 추격할 동력을 잃고 말았다.

2003년 LG에는 신바람이 불지 않았다. LG가 선택한 야구가 성공하지 못했으니 다시 LG가 책임져야 할 차례였다. 위기에 몰린 LG 구단은

또 다시 감독을 교체하는 강수를 꺼냈다. LG는 이광환 감독을 2군 감독으로 물러나게 했다.

이광환 감독에게도 아쉬움이 많은 시즌이었다. 이광환 감독은 1990년대 투수 분업화의 시초인 스타시스템을 LG 야구에 도입한 선구자였다. 1990년대 LG 야구와 잘 맞아떨어지는 지도자였다. 그러나 LG로 돌아온 2003년 이광환 감독은 너무도 허무하게 물러나고 말았다. 취임할 때부터 불편한 시선을 받아야 했고, 긴 호흡을 갖고 팀을 이끌어 갈 시간을 갖지 못했다. 결국 이광환 감독은 10년 전 신바람 야구를 되살리지 못했다.

부진을 거듭하면서도 LG는 팬 사랑만은 재확인한다. LG는 8개 구단 가운데 유일하게 시즌 관중 70만 명을 넘어섰다. 프로야구 전체가 흥행 부진에 빠졌지만 LG의 인기는 여전했다. LG는 또 앞으로 갔다. 발 빠르게 다음 시즌 준비를 시작했다. 당장은 힘들어도 머지않아 LG는 영광을 되찾을 것으로 기대했다. 2003년이 고통스러운 10년의 시작이 될 줄은 그땐 누구도 상상조차 하지 못했다.

고추장 들고 중남미로
이순철의 도전

2003년 10월, 호주 시드니에 가을 캠프를 차린 LG의 훈련 분위기는 뒤숭숭했다. 이광환 감독이 2군 감독으로 물러난 뒤 사령탑은 공석 상태였다. 코치들과 선수들 모두 누가 차기 감독으로 올 지 촉각을 곤두세우고 있었다. 이때 한 LG 코치가 홀로 서울행 비행기에 올랐다. LG 구단은 "뭔가 의논할 게 있다"면서 그를 서울로 불러들였다. 이틀 뒤인 10월 23일 LG는 이순철 작전코치를 새 사령탑으로 전격 승격시켰다.

그는 스타플레이어 출신이다. 근성으로 상징되는 타이거즈에서 뛰었다. 코치로서도 지도력을 인정받고 있었다. 구심점을 잃은 LG 선수단을 힘 있게 끌어갈 적임자라는 내부 평가가 꽤 많았다.

이순철 감독은 팀 운영의 방향을 명확하게 드러냈다. 전력보강을 위한 첫 번째 작업으로 FA 투수 진필중을 영입해 달라고 구단에 요청했다. 뿐만 아니라 팀 체질개선을 위해 트레이드를 망설이지 않겠다는 의

지를 드러냈다. 으레 하는 소리가 아니었다. 구단도 이순철 감독의 뜻에 따라 움직이기 시작했다.

당시 LG는 주력선수 5명을 제외한 모든 선수를 트레이드 가능 그룹으로 분류했다. 트레이드 불가 리스트에는 입단 3년 만에 간판타자로 자리 잡은 박용택 등 LG의 미래를 짊어질 선수들만 포함됐다. 1990년 대부터 팀을 끌어온 프랜차이즈 스타들은 대부분 명단에서 빠졌다. 베테랑 선수들에 대한 의존도를 줄이려는 의도가 역력했다.

2003년까지 LG의 마무리로 활약했던 이상훈은 트레이드 불가 명단에 들어있지 않았다. LG가 이상훈을 트레이드하겠다는 의지를 보인 건 아니었다. 구체적인 움직임도 없었다. 다만 전력보강을 위해서라면 최고 스타이자 붙박이 마무리인 이상훈마저도 내줄 수 있다고 방침을 정한 건 틀림없었다. LG 구단은 FA 자격을 얻은 진필중 영입을 추진하고 있었다. 진필중이 합류하면 이상훈의 입지에 영향을 줄 수 있었다. 두 선수가 묘하게 오버랩 되면서 LG의 선수단 재편을 바라보는 시선이 싸늘해지기도 했다.

이순철 감독은 당시 42세의 젊고 패기 넘치는 사령탑이었다. 당당하게 팬들 앞으로 나왔다. 획기적인 방법으로 팬들과의 직접 대화를 시도했다. 인터넷을 통해 팬들의 질문을 받고 실시간으로 답하기도 했다. 그 가운데에는 마무리 운용법을 묻는 '돌직구 질문'도 나왔다. 이순철 감독은 주저 없이 이상훈과 진필중 두 투수가 뒷문을 번갈아 막는 '더블스토퍼' 체제로 시즌을 맞을 계획이라고 밝혔다.

이순철 감독의 실제 구상이 그랬다. 이상훈은 2003년 30세이브를 기록했지만, 평균자책점이 2002년에 비해 두 배 가까이 오른 3.34를 기록했다. 이순철 감독은 조금 더 튼튼한 뒷문을 원했다. 얄궂게도 이때 '기타 사건'이 터졌다.

이상훈은 취미로 기타를 쳤다. 은퇴한 뒤에는 록밴드에서 활동할 정도로 음악에 대한 애정이 깊었다. 이순철 감독은 이상훈의 취미가 팀 분위기를 흔들까 염려했다. 이순철 감독은 스프링캠프에는 기타를 가져가지 말라는 지시를 코치를 통해 내렸다. 이상훈은 거부감을 나타냈다. 이 내용이 일명 '기타 사건'으로 언론을 통해 밖으로 알려졌다. 외부에 다 공개된 마당에 이순철 감독은 선수에게 물러설 수 없는 상황에 놓였다. 이상훈이 기타를 포기하지 않자 사실상 공개 트레이드가 진행됐다.

LG는 이상훈이라는 강력한 카드를 앞세워 롯데·삼성 등과 트레이드 협상을 벌였지만 무산됐다. 결국 LG 프런트 출신 최종준 단장이 수뇌부로 있던 SK와 거래에 성공했다. 진필중 영입과 이상훈 트레이드. 의도하지는 않지만 두 사건은 연결고리를 갖고 있었다. 이순철 감독에게 첫 단추를 꿰는 작업이었다. 그런데 첫 단추부터 어긋났다.

진필중은 2004년 마무리로 나섰지만 고작 15세이브에 그쳤다. 승리 없이 4패, 평균자책점 5.23으로 무너졌다. 그해 LG는 5월을 지나며 24승1무22패를 기록하고 있었다. 승률 5할을 간신히 넘겼지만 순위는 2위에까지 올랐다. 그러나 6월 초 4연패에 빠지더니 중요할 때마다 진필중이 블론세이브를 거듭했다. 진필중과 함께 팀이 추락하기 시작했다. 그리고 이어진 진필중의 2군행. 모든 게 꼬여가기 시작했다.

진필중의 실패로부터 LG의 마무리 잔혹사가 시작됐다. 이순철 감독은 2006년 중도 사퇴할 때까지 한 차례도 마무리다운 마무리를 갖지 못했다. 감독 첫 시즌을 6위로 마친 이순철 감독은 2005년 새 얼굴을 마무리로 내세웠다. 2001년 투수 3관왕 출신 신윤호에게 뒷문을 맡기는 승부수를 던졌다. 신윤호는 4월 한 달간 7세이브를 거뒀지만 5월로 접어들자 갑자기 부진에 빠졌다. 마무리를 내놓은 뒤로는 1군에서 버티기조차 못했다. 마무리 투수 없는 팀에 힘이 있을 리 없었다. 역전패가 많아지며 힘이 빠지기를 여러 번. 이순철 감독의 LG는 2005년에도 마무리만 찾다가 6위로 시즌을 마쳤다.

이순철 감독은 자존심이 상했다. 단기간에 전력을 보강할 방법은 확실한 외국인선수를 뽑는 것이다. 이순철 감독은 부임하자마자 외국인선수 영입을 스카우트 팀에 맡기지 않고 직접 나섰다. 영입 후보 선수들이 많은 도미니카공화국까지 날아갔다. 다른 팀 감독은 하지 않는 생고생이었다.

입이 짧은 편인 이순철 감독에게 중남미 출장은 고단했다. 특히 음식이 문제였다. 그는 동행한 직원과 매번 똑같은 패밀리 레스토랑을 찾아 끼니를 해결했다. 테이블에 고추장을 꺼내놓고 느끼한 현지 음식과 비벼먹었다. 한국 프로야구에 딱 맞는 외국인선수를 구할 수 있다면 그 정도 고생은 아무것도 아니라는 생각이었다.

2005년 외국인타자 마테오와 클리어, 2006년 외국인투수 아이바와

텔레마코 모두 이순철 감독이 직접 발품을 팔아 영입한 선수들이었다. 그러나 이들은 대체로 기대에 미치지 못했다. 특히 미스터리만 남기고 돌아간 아이바는 이순철 감독에게 치명상을 입혔다.

이순철 감독은 강력한 구위와 심장을 가진 마무리를 원했다. 감독 계약기간 마지막 시즌인 2006년을 앞두고는 아이바를 마무리로 낙점했다. 도미니카공화국 윈터리그에서 본 아이바는 시속 150km가 넘는 공을 던졌다. 구위도 좋았지만 근성이 대단한 것 같았다. 아이바는 이순철 감독이 지켜보는 경기에 나와 체크 스윙을 스윙으로 인정하지 않는 주심에게 강력하게 항의하다 퇴장 당했다. 기죽지 않고 오심에 강력 대응하는 아이바의 모습에 이순철 감독은 오히려 높은 점수를 줬다. 강한 승부욕이 마음에 들었던 것이다. 그러나 아이바는 국내 무대에서 한 차례도 등판하지 못했다. 몇 달을 시간만 끌다가 집으로 돌아갔다. 개막을 앞두고 2군 상무전에서 피칭을 하던 아이바는 갑자기 팔꿈치 통증을 호소했다. 그로부터 두 달 동안 아이바는 마운드가 아닌 기사에만 등장하다가 결국 퇴출됐다.

이순철 감독은 취임 때부터 원했던 강력한 마무리투수를 한 번도 갖지 못했다. 6월초 두산전 3연패를 당한 뒤 스스로 물러났다. 당시 LG는 7위까지 떨어져 있었고 꼴찌 추락 가능성도 있었다. 수습 불가 단계를 이순철 감독은 견디지 못했다.

이순철 감독은 LG의 역대 어느 사령탑보다 열악한 상황에서 지휘봉을 잡았다. 피가 뜨거운 그는 과감한 시도로 위기를 극복하려 했다. 확

실한 주전 라인업을 만들어 놓는 게 강팀의 기본요건이라고 믿었던 이
순철 감독은 가능성 있는 선수들을 최대한 빨리 키우려 했다. 정의윤을
비롯한 젊은 선수들을 적극적으로 기용했던 것도 그래서였다. 당시 고
졸 2년생 정의윤은 이순철 감독의 전폭적인 지지를 받고 그해 107경기
에 출전해 타율 0.242, 8홈런, 42타점을 기록했다. 그러나 정의윤이 확
실한 주전으로 도약하기까지는 더 오랜 시간이 필요했다.

이순철 감독은 2006년 시범경기부터 전력을 다 쏟아 부었다. 선수들
의 패배의식을 떨쳐내자는 의도로 초반 드라이브를 세게 걸었다. 그러
나 정규시즌 개막 후 부진에 빠져 혹평만 받고 말았다. LG 전력은 해가
다르게 약화되고 있었다. 돌아보면 2006년 LG의 전력이 바닥이었다.
LG 프런트 수뇌부를 거친 한 인사는 "2006년에는 급하게 트레이드 해
온 최상덕이 1선발을 맡을 정도로 마운드가 약했다. 누가 봐도 최악의
전력이었다"고 회상했다.

이순철 감독은 퇴임 후에도 전력에 대한 아쉬움을 얘기하지 않았다.
다만 그는 LG의 프랜차이즈 스타들의 신변 변화 때문에 쏟아지는 비난
에 대해서는 여러 차례 불편한 마음을 전했다. 이순철 감독 재임 기간
이상훈 외에도 프랜차이즈 스타들이 많이 떠났다. 김재현은 고관절 부
상과 관련한 각서파동 끝에 FA 신분으로 SK로 이적했다, 유지현은 만
33세 많지 않은 나이에 선수 유니폼을 벗었다. 이 모든 걸 이순철 감독
이 주도한 것 같은 인상을 남기고 말았다. 이순철 감독은 "마치 다 내가
한 것처럼…"이라며 쓴맛을 다셨다.

사실, 프랜차이즈 스타 처우 문제는 2003년부터 구단 내부에서 논의된 사안이었다. 구단은 선수단 컬러를 싹 바꾸고 싶어 했다. 전임 이광환 감독 시절부터 진행한 일이고 이광환 감독도 베테랑 스타를 단기간에 정리하겠다는 구단의 방침에 거부감을 나타났다. 그러다 이순철 감독에게 공이 넘어왔고, '기타 문제' 등 얄궂은 사건이 연이어 터졌다.

이순철 감독 시대는 격동의 세월이었다. 감독, 구단, 선수단 모두 엇박자를 냈다. 확실한 무게중심이 없었다. 초보 사령탑 이순철 감독은 주도권을 쥐기 위해 부임 첫해 성적이 절실하게 필요했다. 그러나 이순철 감독은 끝내 헤게모니를 잡지 못했다. 이후엔 고난의 행보를 이어갈 수밖에 없었다.

김재박 감독, 그리고 DTD

요즘엔 아마추어 경기가 열리는 수원야구장. 지금은 넥센 히어로즈로 넘어간 현대 유니콘스가 2000년부터 2007년까지 홈구장으로 썼다. 현대 초대 사령탑이었던 김재박 감독은 2006년까지 수원구장 감독실의 주인이었다. 그곳 테이블에는 안락한 의자와 과자, 과일들이 있었다. 과묵한 편인 김재박 감독도 거기서는 모든 사람을 편하게 대했다. 기분 좋을 땐 기자들에 과일을 손수 깎아주기도 했다. 야구, 야구인 얘기를 하다 보면 한 시간쯤은 쉽게 지나갔다. DTD(Down Team is Down). 내려갈 팀은 내려간다는 뜻의 '콩글리시'는 여기서 나왔다. 2001년부터 4년 연속 꼴찌를 했던 롯데가 2005년 초반 상위권으로 치고 나가자 김재박 감독은 "매년 5월이면 내려가는 팀이 나온다"고 말했다. 그게 예언인 듯, 저주인 듯 롯데는 결국 2005년 5위에 그치면서 포스트시즌에 진출하지 못했다.

김재박 감독조차도 정확히 언제 그 말을 했는지 기억하지 못한다. 평소처럼 지나가듯 한 말이 스포츠신문 1면 기사 제목으로 나오면서 뭔가 선언적인 느낌을 줬다. 본뜻과 조금 다르게 전달되긴 했지만 김재박 감독은 내려갈 팀은 내려간다는 명제를 부인하지 않는다. 심지어 LG가 상위권에 안착한 것 같았던 2013년 7월 초까지도 DTD 이론은 여전히 유효하다고 말했다. 꼭 LG를 지칭한 건 아니었지만 선수층이 두텁지 못하면 결국 밀릴 수밖에 없다는 뜻이었다.

다소 엉뚱하게 해석되기는 했지만 DTD 이론은 상당히 과학적이다. 통계에서 표본이 클수록 오차가 작아지는 것처럼, 야구에선 경기를 많이 할수록 팀의 진짜 전력이 나오기 마련이다. 프로야구 초반 순위는 여러 변수에 의해 요동치지만 6개월 동안 매일 경기를 벌이면 결국 시즌 전 예상순위에서 크게 벗어나지 않는다. 프로야구 역사가 쌓일수록, 경기수가 많을수록, 각 팀이 공정하게 경쟁할수록 DTD 이론은 상당한 설득력을 얻는다.

김재박 감독은 현대를 11년 동안 지휘하면서 네 차례나 한국시리즈 우승을 이끌었다. 당대 최고의 감독으로 평가받았던 그는 2006년 말 친정팀 LG로 이적했다. 창단 후 처음으로 최하위까지 추락한 LG를 그가 구해낼 거라고 모두가 믿었다. 그러나 김재박 감독은 재임 3년 동안 한 번도 4강에 오르지 못했다. LG가 안간힘을 쓰면 쓸수록 순위표 밑으로 내려갔다. 김재박 감독이 던진 DTD 독설은 부메랑처럼 자신을 향해 날아왔다.

　당시 김재박 감독은 여러 구단이 탐내는 사령탑이었다. 또한 LG는 어느 때보다 훌륭한 리더가 필요했다. 그렇다 해도 2007년의 LG가 김재박 감독을 필요로 했는지는 조금 다른 문제다. 그때 LG는 간판타자 이병규가 일본에 진출했다. 마운드에는 FA 박명환이 가세했다. 전년도 최하위 팀인 데다, 선수 이동이 있었다. LG 야구를 원점에서 다시 파악하고, 정밀하게 설계하고, 뼈대부터 새로 세울 시기였다.

　김재박 감독은 현대 초대 사령탑이었다. 태평양 돌핀스를 인수한 현대는 기본적인 구조를 갖추고 있었다. 마운드는 중상위권 이상이었고,

여기에 박재홍 박진만 등 뛰어난 야수들이 가세했다. 현대는 창단 첫 해 한국시리즈 준우승을 차지했고, 이후 탄력을 받아 좋은 성적을 냈다.

또 현대 프런트는 전문성과 합리성을 갖추고 있었다. 훌륭한 선수들 과 코칭스태프, 프런트와 함께 유기적으로 움직이는 구단이었다. 김재 박 감독은 오케스트라 지휘자 같았다. 많은 연주자들을 잘 조율해 아름 다운 음악을 끌어냈다.

2007년 LG는 진용을 제대로 갖추지 못한 팀이었다. 변화 정도로 그 칠 게 아니라 대대적인 혁신이 필요했다. 리빌딩 수준이 아닌 토목공사 부터 새로 해야 할 상황이었다. 선수들의 의식을 바꾸고, 그게 안 된다 면 선수까지 바꿔야 할 상황이었다.

그러나 김재박 감독은 선수단 바깥에서 변화를 꾀하려고 했다. 정진 호 수석코치, 김용달 타격코치 등 현대 시절 김재박 감독을 보좌한 지도 자들이 LG의 핵심 보직을 차지했다. 아울러 LG 스카우트팀도 현대 출

신 직원들을 영입했다. 이전부터 LG에 있던 직원과 코치의 수가 더 많았지만, 팀의 무게중심은 현대 출신에게로 넘어갔다. 처음엔 긴장감이 흐르다가 결국 갈등구조로 바뀔 가능성이 애초부터 컸다. LG는 이를 예측하고 대처하는데 실패했다.

2007년 LG 전력은 여전히 불안했다. 그나마 FA로 영입한 박명환이 4연패를 네 차례나 끊으며 에이스 역할을 했다. 문제는 박명환에 대한 의존도가 지나치게 컸다는 점이다. 두산에서 뛸 때부터 오른쪽 어깨 통증이 있었던 박명환은 LG로 이적하자마자 10승 6패 평균자책점 3.19를 기록했다. 아울러 그해 개인 통산 세 번째로 많은 155.1이닝을 던졌다. 결국 이듬해 4월 오른쪽 어깨 부상을 입은 박명환은 이후 2년 동안 1승도 올리지 못했다.

박명환을 소모하면서 얻은 결과는 58승6무62패. LG는 5위를 기록했다. 2002년 이후 가장 높은 승률(0.483)을 기록하긴 했지만 불안요소가 여전히 많았다. 58승 가운데 처음 잡은 리드를 끝까지 지킨 경기가 28승에 불과했다. 역전승이 많았으나 뒷심이 강한 느낌보다는 안정성이 떨어지는 인상을 줬다. 김재박 감독도 "근성을 말하기에 앞서 실력이 모자라다"고 자인했다. 시즌 끝까지 4강 희망을 품었던 LG는 막판 뼈아픈 5연패로 포스트시즌에 진출하지 못했다. 가능성은 확인한 것은 분명 성과였지만 김재박 감독 집권 초에 크게 점프하지 못한 게 아쉬웠다.

2008년 LG는 뭔가 아귀가 맞지 않았다. 투수가 잘 던지는 날엔 타선이 터지지 않았고, 타자들이 분발하면 마운드가 무너져 내렸다. 5월 초에는 역대 팀 최다인 9연패를 기록했다. 이어 6월에 다시 9연패에 빠진 뒤 LG는 이후 한 번도 꼴찌에서 벗어나지 못했다. 김재박 감독은 "내 생애 가장 힘든 시즌"이라며 괴로워했다. 메이저리그 출신 봉중근이 11승을 올렸고, 외국인 타자 페타지니가 후반 68경기에서 타율 0.347를 기록했으나 몇몇 선수만으로 다른 팀과 경쟁할 수 없었다.

구단과 김재박 감독은 2007년의 LG를 과대평가했다. 겨우내 상승 동력을 만들지 못한 채 2008년을 맞이했다. 그리고 가장 끔찍한 시즌을 보냈다. 계약기간이 1년 남았지만 김재박 감독은 이미 레임덕에 시달리기 시작했다.

김재박 감독은 2009년을 준비하면서 오판을 했다. 잠실구장 펜스를 앞으로 당기는 이른바 'X존' 설치를 추진한 것이다. LG가 FA 이진영과 정성훈을 잡긴 했지만 당시 LG의 타력은 여전히 하위권에 머물고 있었다. 게다가 LG는 2009년 4월 김상현을 KIA에 트레이드로 내줬다. 'X존' 덕을 본 건 LG 타자들이 아닌 상대 타자들이었다.

LG는 5월에 잠시 2위까지 올라갔다. 그러나 선발투수 옥스프링의 부상과 함께 LG의 순위는 계속 내려가더니 결국 7위로 시즌을 마감했다. 죽어라 따라가다 결국 1점차로 지는 경기가 많았다. 헛심만 쓰다가 선수들이 지쳤다. 김재박 감독도 뾰족한 수를 내지 못했다. 현대 시절 김재박 감독은 선수 수급에 탁월한 성과를 냈고, 작은 승부에 강했으며, 세밀한 야구에 능했다. 그러나 LG에서는 그런 장점을 전혀 발휘하지 못했다. LG의 결핍과 그의 특장점이 서로 달랐던 탓이다.

　　LG가 다시 하위권으로 추락한 데에는 여러 이유가 있었다. 가장 큰 문제는 선수단 개혁이 이뤄지지 않았다는 점이다. 구단은 김재박 감독을 영입하면서 코칭스태프와 프런트를 대폭 교체했지만 정작 선수들은 바꾸지 못했다. 가장 독하게 변해야 할 개혁대상이 빠진 것이다.

　　당시 LG는 지킬 게 별로 없었다. 과감한 변혁이 필요한 시점이었다. 장강(長江)의 뒷물이 앞 물을 밀어내듯 노장은 물러나고 신진이 등장해야 했다. 수년간 하위권에 머물렀던 LG 선수단의 변화폭이 적은 건 아이러니였다. 그저 FA가 되어 팀을 떠나거나, 혹은 다른 팀에서 FA 자격을 얻은 선수들을 데려오는 수준에 그쳤다. 젊은 유망주를 적극적으로 육성하고 과감한 트레이드를 시도한 건 2009년 이후에야 진행된 일이다. LG 선수들 얼굴은 좀체 달라지지 않는데, 코칭스태프와 구단 수뇌부를 비롯한 직원들이 자주 바뀌었다. 여기서 발생한 각 요소의 거리감이 LG의 개혁의 속도를 늦췄고, 강도를 낮췄다. 3년간의 김재박 감독 시대에 LG가 얻은 교훈이었다.

옆집에 노크하다,
박종훈의 실험

2009년 가을, LG는 또다시 새로운 감독을 찾아야 했다. 신바람 야구의 선구자였던 이광환 감독, 타이거즈 왕조의 적자 이순철 감독, MBC 최고의 스타플레이어이자 현대 사령탑으로서 네 차례 우승을 지휘한 김재박 감독이 차례로 떠났다. 빛나는 경력의 사령탑들이 떠난 자리의 새 주인을 찾기란 여간 어려운 일이 아니었다.

LG는 이웃집 두산으로 시선을 돌렸다. 박종훈 두산 2군 감독을 사령탑으로 영입한 것이다. LG와 함께 잠실구장을 홈으로 쓰는 두산은 '화수분 야구'라는 독특한 팀 컬러를 갖고 있었다. 두산에선 끊임없이 좋은 선수들이 성장하면서 주전 선수들을 위협했다. 덕분에 두산 구단은 외부 선수 스카우트에 적극적이지 않으면서도 항상 두터운 선수층을 유지했다. 다른 구단, 특히 LG에겐 부러운 일이었다.

박종훈 감독은 LG를 거친 이력이 있었다. OB 스타 출신인 박종훈

감독은 1994년 LG 타격코치로 지도자 생활을 시작했다. 당시 LG에서 좋은 평가를 받았다. 이후 현대와 SK에서도 지도자 커리어를 착실하게 쌓았다. 세월이 꽤 흘렀지만 LG 고위층은 그를 좋은 인상으로 기억하고 있었다. 여러 팀을 경험한 것도 박종훈 감독의 장점이었다. LG는 박종훈 감독과 5년 장기계약을 했다. LG 구단 사상 가장 긴 계약을 함으로써 선수들을 압박하려 한 것이다. 5년간 감독을 바꾸지 않을 테니 박종훈 감독을 중심으로 똘똘 뭉치라는 메시지였다.

2009년 10월 12일 LG 사령탑으로 취임한 박종훈 감독은 '화수분 야구'를 LG에 이식하려 했다. 몇몇 선수가 부상으로 전력에서 제외되더라도 끄떡없을 만큼의 선수층을 구축하는 데 포커스를 맞췄다. 그해 겨울 LG는 25억 원을 주고 넥센으로부터 이택근을 영입했다. 이택근은 좋은 선수이지만 그의 포지션이 외야수이기 때문에 의문이 남는 트레이드였다. 대부분의 약팀이 그렇듯 당시 LG는 투수력 보강이 더 급했다. 게다가 일본 프로야구 주니치에서 3년간 뛰었던 이병규(등번호 9번)가 복귀한 터였다. 이병규의 복귀로 타선 공백이 어느 정도 메워질 것으로 기대되는 가운데 LG는 넥센으로부터 투수를 영입한다는 소문이 돌았다.

그러나 LG는 이택근을 콕 찍어 데려왔다. LG 타선은 왼손타자들이 주축이었기 때문에 오른손타자 이택근이 합류하면 짜임새가 강해질 것으로 믿었다. 이택근 트레이드 이후 LG에는 여러 가지 신조어가 생겼다. '빅5'라는 말이 유행처럼 쓰였다. 이병규 박용택 이진영 이대형 이택근 등 국가대표급 외야수 5명의 활용법이 최고의 관심사로 떠오른 것이다.

박종훈 감독은 '빅5' 구축 이유를 분명히 밝혔다. 그는 "좋은 외야수라도 전 경기를 다 뛰기 어렵다. 팀이 한 시즌 133경기를 치르는 동안 주전 선수는 보통 110~120경기를 뛴다. 외야수 5명이 돌아가며 출전한다면 팀은 매 경기 최고의 전력을 유지할 수 있을 것"이라고 설명했다.

그는 '견제 세력'이란 말을 즐겨 썼다. 주전으로 뛰고 있는 '기존 세력'을 위협하는 백업요원을 일컫는 용어였다. 주전이 끌고 백업이 미는 구조보다는 주전과 백업이 팽팽하게 경쟁하는 밑그림을 그렸다. '기존 세력'은 자리를 지키려 할 것이고 '견제 세력'은 포지션을 빼앗으려 할 것으로 믿었다. 두 에너지가 경쟁적으로 커지며 팀을 강하게 할 것으로 기대했다.

2010년 출발은 나쁘지 않았다. LG는 4월까지 12승1무11패를 달리며 4위를 달렸다. 그러나 LG가 가장 자신 있었던 외야진에서 금이 가기 시작했다. 사실 박종훈 감독은 '빅5'를 모두 외야수로만 쓰려 하지 않았다. 외야에 3명을 쓰고, 남은 2명을 지명타자나 1루수로도 활용하고 싶어 했다. 그러나 이택근이 시즌 중반 허리 부상으로 2군으로 내려갔다. 그는 이적 첫 해 1군에서 91경기밖에 뛰지 못했다. 다른 외야수들도 크고 작은 부상에 시달렸다. 외야수 3명을 꽉 채워 내보내기도 어려웠다. LG의 '빅5'가 모두 출전한 경기는 30차례도 되지 않았다.

박종훈 감독은 외국인투수로 마운드 강화를 노렸다. 역대 LG 외국인

투수 가운데 메이저리그 경력이 가장 화려한 곤잘레스를 1선발 후보로
영입했다. 아울러 일본인투수 오카모토를 마무리투수로 데려왔다. LG는
곤잘레스가 15승을 해줄 거라고 기대했다. 그러나 15승은커녕 15차례
마운드에 서지도 못했다. 시범경기 도중 가방 속 물건을 찾다가 면도날
에 오른손 중지를 다친 것부터 이상했다. 곤잘레스는 작은 부상을 핑계
로 1군 등판을 미루더니 결국 9차례만 마운드에 올랐다. 곤잘레스는 1승
도 올리지 못하고 6패, 평균자책점 7.68의 참담한 성적을 남기고 퇴출
됐다.

　곤잘레스의 부진은 LG에 커다란 타격을 입혔다. 왼손 봉중근이 10승
(9패)을 거두며 선발 로테이션을 지켰을 뿐 다른 선발요원들은 이탈과
합류를 반복했다. 박종훈 감독은 선발진의 외연 확대를 계획했다. 1선
발부터 4선발까지 고정하고, 5선발 후보 3명을 고루 활용하는 '4+3 체
제'를 만들고 싶어 했다. 그러나 1선발 곤잘레스부터 무너지며 하루하
루 버티기도 힘들었다.

　LG 선발진에 햇빛이 든 건 박종훈 감독의 두 번째 시즌인 2011년이
었다. 일단 외국인선수 농사에 성공했다. 왼손 주키치가 10승(8패), 오

른손 리즈가 11승(13패)을 거두며 제법 강력한 원투펀치를 구성했다. 여기에 2010년 SK에서 트레이드해온 박현준이 혜성처럼 나타났다. 박현준은 후반기에서 사실상 에이스로 활약하며 13승(10패)을 따냈다. 봉중근이 팔꿈치 수술을 받았지만 LG는 뛰어난 선발투수 3명을 얻었다.

2010년 5월까지 LG는 28승20패를 거두며 2위에 올랐다. 6월로 접어들어서는 8개 구단 중 먼저 30승 고지를 밟았다. 프로야구 역사상 30승에 선착하고도 4강에 들지 못한 팀은 하나도 없었다. LG가 드디어 가을야구를 하나 싶었다.

그러나 역시 뒤에서 문제가 터졌다. 김광수와 임찬규가 힘겹게 지켜왔던 뒷문이 무너지기 시작했다. 고질적인 마무리 투수 문제가 또 LG의 발목을 잡기 시작했다. 6월 중순 5연패를 당한 LG는 4위로 내려앉았다. 포스트시즌 커트라인에서 LG는 다시 초조해졌다. 여기저기서 DTD의 저주를 다시 얘기했다.

박종훈 감독은 승부수를 던졌다. 트레이드 마감시한인 7월 31일 넥센에서 셋업맨으로 활약하고 있었던 오른손 송신영을 영입해 뒷문을 강화한 것이다. 그러나 송신영마저 8월 3일 SK전에서 이호준에게 끝내기 홈런을 맞은 뒤 흔들리기 시작했다. LG는 5위로 내려앉았다. 또 다시 가을야구에 초대받지 못했다.

박종훈 감독은 2년 만에 지휘봉을 내려놓았다. 계약기간이 5년이나 됐지만 장기적 관점을 갖고 팀을 운영할 수 없었다. 역설적으로 시즌 초 너무 잘 나간 게 문제였다. 5월까지 상위권에 올랐다가 여름 이후 갑작스럽게 무너지는 DTD의 저주가 원흉이었다.

박종훈 감독 재임 시절엔 그라운드 밖에서도 문제가 많았다. 고졸 2년생 투수 이형종이 인터넷 미니홈피에 사령탑을 겨냥한 것 같은 글을 올려 팀이 발칵 뒤집혔다. 이후에도 시끄러운 일들이 끊이지 않았다. 밖에서 보면 박종훈 감독은 학자 같았다. 지적이고 부드러운 이미지가 강했다. 내면은 의외로 강한 편이었다. 특히 베테랑 선수들을 강하게 다루려 했다. '견제 세력'의 성장은 더뎠고 '기존 세력'은 힘을 합치지 못했다. 박종훈 감독은 끝내 선수단을 장악하지 못하고 팀을 떠날 수밖에 없었다.

LG는 왜 유망주를 보냈나

야구팬들 사이에 '탈쥐 효과'라는 말은 꽤 유명하다. LG를 비하해 '엘쥐'라고 표현하는 것도 모자라 선수들이 LG를 떠나면(탈출하면) 갑자기 야구를 잘한다며 다른 팬들이 조롱하는 것이다. 반대로 '입쥐 효과'라는 말도 있다. LG로 트레이드되어온 선수들은 이전보다 야구를 못한다는 것이다. LG 팬들에게 아프고 화나는 말이다.

과거 LG는 트레이드로 큰 뉴스를 만드는 팀이 아니었다. 1993년 12월 해태로부터 오른손타자 한대화와 왼손투수 신동수를 받고, 왼손타자 김상훈과 오른손타자 이병훈을 보낸 게 1990년대 가장 큰 트레이드였다. 한대화가 LG 타선의 무게중심을 확실하게 잡은 덕분에 LG는 1994년 한국시리즈 우승을 차지할 수 있었다.

이용규는 2004년 2차 2라운드 15순위로 LG에 입단했다. 소질이 뛰어났지만 그해 주로 대주자, 대수비 요원으로 뛰며 62경기에 나와 타율

0.129에 그쳤다. 보통 선수라면 더 기다렸겠지만 이용규는 이순철 감독을 찾아가 "기회를 주지 않을 거라면 트레이드 시켜 달라"고 요청했다. 물론 신인 선수의 요구에 따라 감독과 프런트가 움직인 건 아니지만 이용규가 팀을 떠날 뜻을 밝혔다는 사실이 훗날 트레이드에 영향을 주기는 했다.

LG는 2004년 11월 홍현우와 이용규를 KIA에 주고, 이원식과 소소경을 받는 트레이드를 단행했다. 당시의 임팩트는 크지 않았다. FA 영입의 실패사례로 꼽히는 홍현우가 고향팀으로 돌아가는 정도가 화제가 됐을 뿐, 두 구단 모두에게 큰 변화는 없을 거라고 여겨졌다.

이용규는 LG에서 힘겨운 팀내 경쟁을 벌이고 있었다. LG에는 이대형과 오태근이라는, 이용규와 비슷한 스타일의 외야수가 있었다. 셋 다 발이 빠르지만 타격은 썩 좋지 않았다. 가능성만큼은 세 선수 모두 좋은 평가를 받고 있었다. 굳이 비교하자면 이대형과 오태근은 스피드가, 이용규는 타격이 상대적으로 더 나았다.

LG는 이용규를 보냈다. 당장 투수가 급했고, 이대형과 오태근이 잘 해줄 거란 믿음이 있었다. 그러나 이용규는 KIA로 이적하자마자 주전 외야수로 성장했고, 국가대표(2008년 베이징올림픽, 2009년 월드베이스볼클래식)로도 활약했다. 2007년 최다안타왕이자 2012년 도루왕이다. 이용규에게 KIA 이적은 야구인생 최고의 행운이었다. 외야진이 약한 KIA에서 빠르게 자리를 잡았고, 타격재능을 마음껏 꽃피웠다. LG는 유망주 이용규를 너무 빨리 포기했다는 비판을 받았다.

이순철 감독과 LG 구단이 이용규보다 높게 평가했던 이대형도 2007년 타율 0.308를 기록하며 주전 선수가 됐다. 2007년부터 4년 연속 50도루 이상을 기록했다. 그러나 타율과 출루율은 해마다 떨어졌다. 떠난 이용규와 비교되는 것도 이대형에겐 큰 스트레스였다.

LG는 2009년 4월 두 번째 실수를 한다. KIA로부터 투수 강철민을 받는 대신 내야수 김상현과 박기남을 내준 것이다. 강철민이 예전처럼 시속 150km 이상의 강속구를 던져줄 거라 LG는 기대했지만 그는 1승도 올리지 못하고 팀을 떠났다. 고질적인 부상이 문제였다.

반면 김상현은 고향팀 KIA로 이적하자마자 홈런을 펑펑 때리기 시작했다. 9년째 유망주였던 그의 잠재력이 폭발하자 걷잡을 수 없었다. 홈런왕과 타점왕에 올랐고 시즌 MVP에 선정되기까지 했다. 백업 내야요원 박기남도 전력의 작은 공백을 잘 메웠다. KIA는 그해 한국시리즈 우승을 차지했다.

LG는 2002년 KIA로부터 김상현을 데려와 4번타자로 키우려 했다. 그는 2004년 100경기에 출전하며 미래를 준비했다. 상무에서 2군 홈런왕을 차지한 김상현은 제대 후 LG로 복귀해 121경기를 뛰었다. 그러나 타율은 여전히 2할에 홈런은 7개에 불과했다. 2008년에는 1·2군을 오르내리다 역시 뚜렷한 성적을 내지 못했다.

그런데 왜 LG에선 못 했을까. 김상현은 "LG에선 늘 내 자리가 불안했다. 몇 타석 못 치면 벤치의 눈치를 봤고, 2군에 갈 걱정을 했다. 그런데 KIA에 오니 '넌 못 쳐도 주전 3루수로 기용할 테니 마음 편하게 휘둘러라'고 말하더라"고 설명했다. 기술적으로 달라진 건 없는데 LG가 아닌 다른 팀에선 마음이 편했다는 것이다. 그래서 제 실력을 발휘할 수 있었다는 것이다.

LG는 2009년 3루수 정성훈을 영입했다. 터질듯 터지지 않는 김상현을 언제까지 3루수로 쓸 수 없었기 때문이다. 김상현을 외야수로도 활용했지만 당시 LG엔 외야자원이 넘쳐났다. LG는 기대할 만큼 기대했고 기다릴 만큼 기다렸다가 김상현을 보냈다. 김상현을 보낼 때는 박병호, 정의윤 등 우타 유망주들이 있었다. 2010년 이후 성적을 보면 LG가 정성훈을 데려온 건 잘한 선택이다. 다만 왜 김상현이 LG에서 폭발하지 못했는지는 LG가 꼭 짚고 넘어가야 할 문제였다.

LG는 세 번째 실수도 했다. 2011년 트레이드 마감일인 7월31일 박병호와 심수창을 넥센에 주고, 송신영과 김성현을 받았다. 당시 LG는 마무리 투수만 있다면 4강 진출을 꿈꿀 수 있었다. LG에서 송신영은 중요한 몇 승을 지켰다. 그러나 이적하자마자 넥센 4번타자를 꿰찼고, 2012년 홈런왕과 MVP를 차지한 박병호와 비교할 수 없었다.

박병호도 김상현과 비슷한 말을 했다. 그는 "넥센에선 못 쳐도 라인업에서 빠질 걱정이 없다. 심적 여유가 생겼다"고 말했다. 박병호는 나쁜 볼을 골라내기 시작했다. 어느 상황에서도 자기 스윙을 유지하자 그는 리그 최고의 홈런타자가 됐다. 박병호는 "LG에서 내게 기회를 적게 줬다고 생각하지 않는다. 내 스스로 쫓긴 것"이라고 했다. 실제로 박병호를 상대한 투수와 포수들은 트레이드 이후 박병호의 타격이 완전히 변했다고 말했다. 유인구에 좀처럼 속지 않고 공을 골라 때린다는 것이다. 힘과 기술은 똑같지만 심리 변화가 엄청난 결과를 만들었다. 과거 LG에서 박병호는 조급한 마음에 공을 때리는 게 아니라 쫓아다니느라 바빴다.

LG는 박병호를 더 기다릴 수 있었다. 아니 더 기다려야 했다. 정의윤 등 박병호를 대체할 타자 역시 검증되기 전이었다. 박병호가 말했듯 LG는 기회를 충분히 줬다고도 볼 수 있다. 그러나 선수가 끝까지 불안감을 느꼈다는 점은 분명했다. 유망주를 얼마나 많은 타석에 서게 했는지가 중요하지만 얼마나 자신감을 갖도록 했는지가 더 중요하다.

기존의 전력을 지키는 것이 우선이고, 외부에서 데려오는 것도 필요하다. 그러나 가장 효과적이고 중요한 건 내부 유망주를 키우는 것이다. FA 영입에 몇 차례 실패했던 LG는 선수 육성에 더 많은 역량을 투입했다. 문제는 LG가 너무 급했다는 것이다. 최고의 인기를 누리고, 최고의 지원을 받는 구단이 2002년 이후 수년째 4강 진출에 실패하자 감독과 프런트는 항상 조급해 했다. 개인 성적에 밥줄이 달린 선수들은 항상 다급하고 무거운 LG의 분위기에 더욱 민감할 수밖에 없었다.

전문가들은 "포스트시즌에 가지 못했을 때도 LG는 그리 약하기 만한 팀은 아니었다. 퍼즐 조각 하나만 맞추면 4강은 갈 것 같은데 그게 늘 안 됐다"라고 아쉬워했다. 밖에서도 그렇게 볼진대 LG 내부에선 안타까움이 더욱 클 수밖에 없었다. 그래서 이용규 김상현 박병호 등의 유망주를 내주는 트레이드를 단행했다.

그들을 내보낼 때 합리적 선택을 하기 위해 나름대로 노력을 했다. 전적으로 감독 뜻을 따르기도 했고, 코치들을 대상으로 설문을 벌인 적도 있다. 그래서 결국 포지션이 겹치는, 즉 대체자원이 있는 선수들을 내보냈다. 과정에 신중을 기했지만 결과가 나쁜 게 문제였다.

LG를 떠난 김상현과 박병호의 말에서 힌트를 찾을 수 있다. 김상현도, 박병호도 LG에선 경쟁에 따른 스트레스를 호소했다. 같은 포지션에 비슷한 스타일의 선수들이 많아 팀 동료들끼리 경쟁의식이 지나치게 컸다는 것이다. 오랫동안 오른손 거포를 갖지 못했던 LG에는 우타 유망주가 늘 많았다. 또 한때는 수준급 외야수들이 몰려 '빅5'로 포장되기도 했다. 많은 외야수들은 주전경쟁을 하다 1루수까지 차지하기에 이르렀다. 외야수들도 나름대로 심리적 압박을 받았다. 반면 투수자원은 항상 부족했다. 마운드 사정이 워낙 나쁘다 보니 급한 대로 쓰기 편한 베테랑 투수들을 트레이드나 FA 계약을 통해 영입했다. 이를 위해 야수 유망주를 내주는 실패가 반복됐다.

바꿔 생각하면 LG의 트레이드 실패는 결과론적으로만 판단할 건 아니다. 트레이드를 추진하는 과정에서 내보낼 선수를 고를 때는 나름의 이유와 명분이 있었다. 문제는 선수단 구성이 안정적이지 못하고 한쪽으로 우수 자원이 쏠린 것이다. 그런 기형적인 인적구조가 선수들의 성장을 방해했고, 구단의 눈을 흐리게 했다.

2002년 이후 LG는 매년 힘의 불균형에 시달려 왔다. 감독 교체가 잦았던 것도 이유가 되겠지만 LG의 핵심 프런트가 자주 바뀐 게 문제였다. 단기적 시야로 매일 승부를 벌여야 하는 감독과 다른 의견을 프런트는 갖고 있어야 했다. 코칭스태프가 보지 못하는 각 선수의 특성과 히스토리를 꿰고 있어야 했다. 그래야 안정적인 선수단 구성과 운영이 가능하다. 실패의 책임을 코칭스태프와 나눠 진 LG 프런트 역시 조급할 수밖에 없었다. LG 프런트가 느끼는 압박감과 불안함은 LG를 떠난 유망주들이 토로한 것과 별반 다르지 않았다.

1024분의 1 확률, 오해와 진실

박용택의 아버지 박원근 씨는 엘리트 농구선수였다. 대경상고–경희대–한국은행을 거친 가드 출신으로 주위에 스포츠인들이 상당히 많다. 박 씨가 친구들과 어울리는 자리에도 LG 이야기는 빠지지 않는다고 한다. 박 씨의 친구가 말했다.

"아니, 어떻게 10년 동안이나 8개팀 중 4강에 가지 못할 수 있지?"

아버지로부터 이 말을 전해들은 아들이 고개를 끄덕거렸다. 박용택은 "맞는 말이다. 사실 선수들도 그렇게 생각한다. 2002년 한국시리즈 이후 이렇게까지 오랫동안 가을 야구를 하지 못할 거라고는 상상하지 못했다"라고 털어놨다.

확률을 따져보면 LG의 10년이 얼마나 고통스러웠는지 짐작할 수 있다. 8개 팀 가운데 4강 포스트시즌에 가지 못할 확률은 2분의 1, 즉 50%이다. 동전던지기를 할 때 뒷면이 나올 확률이다. 동전던지기를 두

번 하면 경우의 수는 4가지다. 앞면-앞면, 앞면-뒷면, 뒷면-앞면, 뒷면-뒷면. 그렇다면 2년 연속 4강에 탈락할 확률, 두 번의 동전던지기에서 뒷면-뒷면이 나활 확률은 2분의 1 곱하기 2분의 1로 4분의 1이다. 동전을 열 번 던져 모두 뒷면이 나올 확률은 1024분의 1이다. 백분율로는 0.0765625%다. 참 가혹하다.

조금 위안을 찾자면, 스포츠 순위는 단순 계산으로 예측하고 결론 낼 문제는 아니라는 것이다. 30년 넘는 프로야구 역사상 10년 동안 4강에 들지 못한 건 LG가 유일하기는 하다. 그러나 이건 확률보다는 전력의 문제다. 또 심리의 문제다. 삼성이 2002년 우승하기 전까지 7차례 한국시리즈에서 모두 진 것도 128분의 1 확률이었다. 삼성은 첫 우승에 성공한 이후로는 2012년까지 여섯 차례 한국시리즈에서 네 번 더 우승했다. 한계를 극복하면 혹은 저주를 깬다면, 그 다음은 수월하게 풀어갈 수 있다.

김재박 감독이 주창한 DTD 이론에 따르면 내려갈 팀은 10년이 아니라 그 이상 계속 내려가기만 해야 한다. 2000년대 초 LG와 함께 최하위를 나눠서 했던 롯데나 KIA도 오랫동안 하위권에서 올라오지 못했다. 2009년 이후엔 한화가 긴 침체에 빠져 있다. 상위권으로 치고 올라갈 변곡점을 맞이하기 전까지는 상당한 고통을 감수해야 한다. 그걸 이겨내면 '올라갈 팀'이 될 수 있다.

그렇다 해도 10년은 너무 길었다. 고통의 10년 동안 풀타임을 계속 뛴 LG의 주력 선수는 박용택이 유일하다. 큰 부상 없이 꾸준하게 활약한 LG의 간판선수이지만 팀 성적이 나쁜 탓에 그의 존재감은 빛을 잃었다. 오히려 10년간 라인업에 있었기에 오해와 비난을 꽤 받았다. 박용택 같은 경우를 제외하면 10년의 세월이 흐르는 동안 대부분의 선수들이 바뀌기 마련이다. 세대교체가 두 번쯤 이뤄지기에도 충분한 시간이다. 따지고 보면 지난 10년 동안 4강 진출에 실패한 건 하나의 팀이 아니라 선수, 감독, 코치, 프런트 직원이 조금씩 다른 열 개의 팀이었다. LG 코칭스태프와 프런트 직원들은 계속 교체됐다. 구성원 면면을 따지면 감독도, 선수도, 직원도 못난 인물은 없다. 다만 그들이 함께 힘을 모으지 못했던 것이다.

어느 승부에서나 승자는 많은 말을 할 기회를 얻는다. 감독은 승장 인터뷰를 통해 이긴 경기를 복기하고, 결승타를 때리거나 승리투수가 된 선수는 들뜬 소감을 전한다. 반면 승부에서 진 이들에게 사람들은 귀를 기울이지 않는다. 미디어와 팬들은 패자에게 이유를 듣기보다는 비판과 질책을 가한다. 경기에서 패한 감독은 형식적인 말을 남긴다. 실수를 하거나 부진한 선수는 아예 입을 닫아버리기 마련이다. 그렇기에 LG는 안팎으로 소통할 기회가 적었다. 왜 졌는지, 왜 다쳤는지, 왜 실수했는지, 왜 실패했는지를 묻고 답하는 데 소홀할 수밖에 없었다. 상처는 그렇게 곪는 법이다. 소통하지 못하면 추측과 예단이 생기기 마련이다. 이런 상황이 계속되면 오해가 사실처럼 굳어진다. 내부의 적이 외부의 적보다 더 무섭게 된다.

그래서인지 LG 지휘봉을 잡은 모든 감독은 승리에 더 집착했다. 일

단 오늘 한 경기라도 이기면 잡음이 잦아들고 상처를 잠시 잊을 수 있기 때문이다. 따라서 LG는 시즌을 길게 보지 못했고 '촌놈 마라톤'처럼 시즌 초 무리해 달리다가 반환점을 돌 때쯤 주저앉아버린 게 여러 차례였다. 시끄러운 주변을 정리하지 않고, 상처를 치료하지 않고 달리다 쓰러진 것이다. 이게 DTD의 실체였다.

LG의 실패는 여러 원인이 누적된 결과였다. 모든 구성원의 공동책임이었다. 감독을 선임하고 전력을 지원하는 책임은 구단에 있다. 물론 선수들이 느껴야 할 책임감은 더 컸다. LG는 프로야구 역사에 오래 남을 만한 기록적인 실패를 했다. 좌충우돌하며 꽤 많은 시행착오도 겪었다. 실패하지 않기 위해, 실수를 줄이기 위해 여러 방법을 썼지만 그럴수록 얽힌 실타래는 풀리지 않았다. 그렇게 1024분의 1 확률로 빠져들었다. 10년간 이어온 실패의 고리는 쾌도난마처럼 한 번에 끊을 수 없었다. 원인을 찾아 시간을 갖고 방법을 모색했다. LG에겐 실패도 자산이었다. DTD는 LG의 선명한 교훈이었다. 실패로만 끝난 실패는 아니었다.

Part **3**

실패로만 끝나는
실패는 없다

FA 없이, 그리고 FA와 함께

잠실구장 LG 감독실 책상 옆에는 A4 용지 크기의 액자가 걸려 있다. 프레임 안에는 신문기사가 하나 있다. 'FA 셋 떠난 자리, 다른 선수에겐 기회'라는 제목의 기사다. 감독실을 드나드는 수많은 코치, 선수, 직원들이 그 액자를 본다. 김기태 감독은 일부러 그들에게 보여주려는 듯 출입문 맞은편에 액자를 걸어뒀다.

김기태 감독은 2011시즌이 끝난 뒤 LG 지휘봉을 잡았다. 그해 겨울 LG는 역대 최대 규모의 전력 손실을 겪었다. LG에서 뛰다 FA(자유계약선수) 자격을 얻은 포수 조인성, 외야수 이택근, 불펜투수 송신영이 모두 떠난 것이다. 그들이 팀에서 주축 선수로 활약했던 직전 시즌인 2011년 LG는 공동 6위에 그쳤다. 2012년 전망은 더 어두워졌다.

새 감독이 부임하면 구단이 외부에서 FA 선수들을 데려오는데 적극적이기 마련이다. 선수 보강을 통해 새로 바뀐 지도체제에 힘을 실어주

기 위해서다. 2000년 FA 제도 도입 후 LG는 여러 FA들을 잡았다. 그런데 2011년 겨울에는 팀에서 FA 자격을 얻은 세 선수를 잡는 것조차 실패했다. 그렇다고 다른 팀에서 데려온 FA도 없었다. FA 시장이 과열 조짐을 보이는 가운데 '머니게임'에서 질 리 없는 LG가 시장에서 철수한 것이다.

유명 선수들이 떠나가는데 좋아할 감독은 없다. 김기태 감독도 처음 엔 그랬다. 그러나 그는 생각을 바꿨다. FA 3명의 공백이 큰 만큼 다른 선수들은 많은 기회를 얻을 수 있다고 말했다. 그의 인터뷰를 담은 신문 기사를 액자에 담아 걸어놓은 건 '우리는 스스로 강해질 수 있다'는 주술적인 메시지를 전한 것이다.

2012년 LG는 7위를 기록했다. 믿을 만한 포수가 없었고, 불펜은 여전히 약했다. 외야수와 1루수를 오가는 오른손 타자 이택근의 부재도 아쉬웠다. 그해 경남 남해시에 차려진 LG의 가을캠프. 김기태 감독은 오프 더 레코드(비보도 요청)를 전제로 이른바 '삼광과 쌍피론'을 얘기했다.

"김무관 타격코치가 그러더라. 고스톱으로 치면 우리는 광 3개를 잃은 거다. 그런데 광 3개 있다고 3점을 낸다는 보장이 있나. 열심히 피를 먹으면, 그 가운데 쌍피라도 있다면 이길 확률이 더 높아진다고 말이다."

야구를 고스톱판에 비유했기 때문에, 또 떠나간 선수들에게 실례가 될 수 있기 때문에 김기태 감독은 이 말을 매우 조심스럽게 했다. 그러나 비유가 기가 막힌 것만은 사실이다. 고스톱에선 3점을 먼저 얻으면 이길 수 있다. 그러나 자신이 광 3개를 갖고 있다고 모두 점수가 되는 건 아니다. 3개를 다 먹었다 해도 그 가운데 '비광'이 속해 있다면 3개를 먹어도 2점밖에 얻지 못한다. 광을 얻는 데 열 올리지 않고 착실하게 피를 먹는다면 나중에 큰 점수 차이로 이길 수 있다.

김기태 감독은 잃어버린 광에 대한 미련을 버렸다. 동시에 그들을 대체할 자원들을 끌어 모았다. 2012년은 2013년을 위한 준비기간이었다. 당장은 아쉽고 아프지만 1년을 그렇게 보냈다. 2011년 한화로부터 영입한 유원상이 필승 불펜요원으로 성장했다. 2010년 SK로부터 영입한 윤요섭이 포수로 출장할 기회를 많이 얻었다. 만년 유망주였던 외야수 정의윤의 출장기회도 늘었다. 베테랑이 빠진 자리에서 젊은 선수들이 자라고 있었다. 그들의 가능성을 1년 동안 지켜본 김기태 감독은 광 3개 없이도 이길 수 있다는 확신을 갖기 시작했다.

LG는 2013년을 앞두고 선수영입을 위해 공격적으로 움직였다. 삼성 불펜 필승조에 속해 있던 정현욱이 FA 자격을 얻자 재빠르게 계약했다. 정현욱은 유원상이 부상으로 빠진 전반기 7회 또는 8회를 잘 버텨줬다. 또 삼성으로부터 영입한 포수 현재윤과 내야수 손주인을 트레이드해왔다. 현재윤은 LG의 초반 상승세를 리드하다 두 차례나 손 골절상을 입었다. 위기 때 윤요섭이 대신 마스크를 쓰고 잘 버텼다. SK로부터 방출됐다가 친정 LG로 돌아온 권용관은 손주인의 백업 역할을 잘했다. LG는 빅3(삼광) 없는 2012년을 보내며 자생력을 키웠다. 여기에 2013년 새 전력이 보강되자 서로 막대한 시너지 효과를 냈다. 선수를 영입하는 데

있어 누구를 데려오는 것도 중요하지만, 언제 데려오는지도 잘 따져야 한다는 것을 LG가 증명했다.

LG가 2013년 전력을 구축하는 데에는 LG에서 FA 자격을 얻은 우익수 이진영과 3루수 정성훈의 무게감이 컸다. LG가 잡아야 할 소속팀 선수를 잡았기 때문에 큰 뉴스로 취급되지 않았지만 내부적으로는 상당한 의미가 있는 계약이었다.

이진영과 정성훈은 4년 전 LG가 SK와 히어로즈(현 넥센)으로부터 영입한 FA였다. 그들은 매년 3할 안팎의 타율을 기록하며 꾸준히 활약했다. 선수들과 어울릴 때 모난 구석도 없었다. 1980년생인 그들이 두 번째 FA 자격을 얻었을 때가 만 32세였다. 앞으로 3~4년 동안 계속 뛰어난 기량을 보여줄 것으로 기대되는 이들을 LG는 꼭 잡아야겠다고 생각한 것이다. LG는 2012년 시즌 중에도 이들을 만나 재계약을 설득했다. 계약서에 사인한 건 아니지만 'LG는 네가 꼭 필요하다'는 메시지를 지속적으로 전달했다. 마음을 다해 선수들을 붙들어 놓은 것이다. 이들이 LG와 계약하지 않고 시장으로 나갔다면 더 많은 돈을 받았을 수도 있다. 실제 일부 구단은 이진영이든 정성훈이든 LG가 제시한 것보다 무조건 더 주겠다는 계획을 세웠다. 그러나 LG는 이들의 마음을 먼저 잡았고, 협상 테이블에선 서운하지 않은 금액을 제시했다. 두 선수 모두 LG의 미래가 밝을 것으로 기대했고, 새로운 시대의 주역이 되고 싶어 했다.

LG의 오랫동안 홈런타자를 갖고 싶어 했다. 한대화가 찬스마다 결정타를 때렸던 1994년 이후, 이병규(등번호 9번)가 홈런 인플레 시즌이었

던 1999년 30홈런을 때린 이후에는 확실한 거포가 없었다. LG는 2001
년 해태에서 홍현우를 FA로 영입했다. 또 2006년엔 KIA가 FA로 계약
했다 실패한 마해영을 트레이드해왔다. 이들 영입은 모두 실패로 끝났
다. 전성기가 지나 LG에 온 선수들은 넓은 잠실구장에서 힘을 쓰지 못
했다.

　이진영과 정성훈은 중거리 타자다. 그리고 2000년대 초반부터 꾸준
한 성적을 냈다. LG의 FA 계약 방침이 조금 달라진 점을 알 수 있다. 잠
실구장의 특성을 활용할 수 있는 타자들을 우대한 것이다. 아울러 이들

이 기존 선수들과 어울렸을 때 어떤 효과가 날지 예측할 수 있게 됐다.

FA 제도에 대한 담론이 나올 때마다 LG 얘기가 빠지지 않는다. 얼마 전까지만 해도 LG의 FA 영입사는 대부분 실패 사례에 인용됐다. 홍현우가 그랬고, 2004년 영입한 마무리 투수 진필중이 그랬다. 이 과정에서 LG에서 오랫동안 뛰다 FA가 된 선수에게는 소홀하다는 지적도 있었다. 신바람 야구의 주역 김재현은 2005년 FA가 되어 SK로 떠났다. 이후 LG는 FA 계약에 신중한 스탠스로 전환한다.

LG는 2007년 이병규를 일본 주니치에 내줬고, 박명환을 두산으로부터 영입했다. 투수력 보강이 시급했던 당시에는 합리적으로 보인 결정이었다. 1년간 LG의 에이스로 활약한 박명환은 이후 부상에 시달리다 팀을 떠났다. 박명환의 이탈은 계약의 실패라기보다는 관리의 실패로 보는 시각이 많다. 2009년엔 이진영과 정성훈을 영입했다. LG의 FA 계약 중 최대 성공작으로 꼽히는 영입이다.

LG는 중소규모의 FA 계약에는 꽤 적극적이었다. 2009년 최동수 이종열 최원호, 2012년 이성열은 큰 문제없이 LG에 잔류했다. LG에서 뛴 공로를 인정하는 차원에서 이들과의 계약을 진행했다.

2011년 간판타자 박용택이 FA 자격을 얻었다. 모처럼 나온 소속팀의 큰 FA였지만 LG는 재계약에 성공했다. 그러나 1년 후 이른바 '삼광'이 빠져나가자 LG의 기둥이 흔들리는 것 같았다. '총알'을 장전한 LG는 이듬해 FA 시장에서 이진영과 정성훈을 붙들 수 있었고, 정현욱을 사들였다.

몇 년 동안 LG는 FA를 내주고 사오는 과정을 통해 리빌딩을 진행했다. LG는 과거 탐나는 대형 FA는 일단 잡으려 했다. 그러나 대형 선수일수록 그들이 팀에 끼치는 영향이 크다는 점을 간과했다. 그들이 부진했을 때의 리스크를 계산하지 못했다. 또한 그들로 인해 팀의 전력구조가 지나치게 크게 바뀔 수 있다는 점을 깨닫지 못했다.

LG는 꽤 비싼 수업료를 주고 FA의 허와 실을 배웠다. 그러면서 나름의 스카우트 기준을 만들었다. 보낼 선수는 미련 없이 보내고, 잡을 선수는 적극적으로 잡았다. 그 결과 선수들이 대체로 젊어졌고, 특정 선수들에 대한 의존도가 낮아졌다. LG 선수단 분위기도 바뀌었다. 팀을 위해 열심히 뛴다면 FA가 된 후 좋은 대우를 받을 수 있다는 기대를 선수들이 갖기 시작한 것이다. 'FA 잔혹사'라고 불릴 만큼의 실패를 겪고 얻은 노하우다.

더그아웃 노래방과
고의패배 논란

"지환아, 비도 오는데 노래 한 곡 해봐라."

김기태 감독이 장난처럼 말했다. 동생에게 노래를 시키는 건 짓궂은 형들이 즐거워하는 레퍼토리다. 행여 부담을 느낄까봐 아주 막내가 아닌 4년차 주전선수 오지환에게 시켰다. 오지환은 씩씩하게 윤도현의 '나비'를 불렀다.

어린 선수만 노래를 했다면 공기가 무거웠을지 모른다. 최태원 코치가 나서 티삼스의 '매일매일 기다려'를 열창했다. 남자가 친한 친구들 앞에서 일부러 망가질 때 부르는 노래, 최태원 코치는 선수들 앞에서 그걸 부르고 있었다. 노랫소리보다 선수들 웃음소리가 더 컸다.

6월 29일 SK와의 인천경기가 비로 취소되자 LG 더그아웃에서 생긴 해프닝이다. 이른바 '더그아웃 노래방'은 TV 카메라에 잡혀 전국에 중계됐다. 자기들끼리 웃고 떠드는 장면이 중계되는 줄은 아무도 몰랐다.

당시 LG는 힘겨운 때를 보내고 있었다. 꼴찌 후보였던 LG는 시즌 초 반짝 상승세를 타다가 다시 추락 중이었다. DTD 법칙은 2012년에도 유효했다. 하루 앞선 KIA전에서 LG 선수들은 단체로 삭발을 하고 나타나 필승 의지를 다졌다. 그러나 이날 패배로 LG는 6연패에 빠졌다. 팀 분위기가 최악으로 치닫고 있을 때 '더그아웃 노래방'이 차려진 것이다. 오지환은 오만상을 찌푸리며 열창했고, 최태원 코치는 방망이를 마이크삼아 흥을 돋웠다. 오지환은 "조금 창피하긴 했지만 다들 신나게 웃었다. 다음날까지도 서로 그 얘기를 하며 분위기를 바꿀 수 있었다"고 말했다.

김기태 감독은 "폭우 때문에 경기가 취소돼서 중계도 끝난 줄 알았다. 우리끼리 재밌게 논 것인데 그게 중계되는 줄은 전혀 몰랐다"며 머쓱해 했다. 오지환과 최태원 코치의 노래솜씨는 썩 좋지 못했지만 '더그아웃 노래방'은 어느 콘서트보다 유쾌했다. LG가 달라지고 있고, 연패 중이라고 기죽지 않는다는 걸 전국의 팬들에게 중계한 셈이 됐다. 이전까지 LG 더그아웃에 없었던 여유와 유쾌함이 느껴졌다.

LG는 '더그아웃 노래방' 이후 2연승을 달렸다. 그러다 다시 부진에 빠져 5할 승률을 회복하지 못했다. 노래 두 곡이 LG 전력을 바꿔놓지는 못했지만 김기태 감독의 기대한 것 역시 대단한 게 아니었다. 자신감이 떨어졌을 때 마냥 가라앉지 말고 재밌게 한 번 놀아보자는 의도였다. 아주 우연히 잡힌 화면이지만 제법 묵직한 메시지를 담고 있었다. 연패에 빠지면 서로 눈치 보고, 탓하고, 패배의식에 빠져 있었던 LG가 변할 수도 있다는 생각을 하게 됐다.

김기태 감독은 "그런 말 있잖은가. '거울은 먼저 웃지 않는다'고. 내가 웃어야 거울도 나를 따라 웃는다"고 말했다. 그는 선수들을 향해 먼저 웃었다. 또 먼저 사과하고, 먼저 감사를 표현한다. 그는 "내가 선수일 때 듣기 싫었던 말은 지금 선수들도 듣기 싫을 것이다. 나뿐만 아니라 코치들에게 늘 당부한다. 꾸짖더라도 선수들 인격은 존중하자고. 그것만 해도 LG는 달라질 수 있다고 믿었다"고 말했다.

몇 달에 걸쳐 LG는 변했다. 무뚝뚝한 이병규가 "고맙다", "미안하다"는 말을 달고 살았다. 서로가 거울이 되어 먼저 웃어줬다. 김기태 감독은 완벽한 리더인 척을 절대 하지 않았다. 여러 감정을 표현하며 선수들에게 가깝게 다가서려 했다. 그게 선수들 마음을 움직였다. 감독의 권위를 멀리 내던졌고 선수들의 열정을 끓게 했다.

2012년 9월 12일 잠실경기가 끝난 뒤 김기태 감독은 혹독한 여론재판을 받았다. LG가 0-3으로 지던 9회말 1사 상황이었다. 이진영 타석에서 SK는 왼손투수 박희수를 오른손투수 이재영으로 교체했다. 이재영이 이진영을 플라이로 잡고 후속타자 정성훈에게 2루타를 맞자 이번에는 왼손투수 정우람을 마운드에 올려 왼손타자 박용택을 상대하게 했다. 타석별로 투수 스위치를 한 것이다.

김기태 감독은 대타로 신동훈을 냈다. 그가 오른쪽 타석에 선 것은 중요하지 않았다. 그는 2012년 입단한 신인 투수다. 배팅글러브도 끼지 않은 신동훈은 벤치의 지시에 따라 방망이 한 번 휘두르지 않고 삼진을

148

당했다. 그걸로 이상한 경기가 끝났다. 난리가 났다. 많은 야구 관계자들은 "김기태 감독이 경기를 포기할 생각으로 투수를 대타로 냈다. 팬들을 우롱한 것"이라고 비판했다. 언제 어디서든, 어떤 이유든 프로야구에서 경기 포기는 용서받기 어렵다. 그걸 무릅쓰고 이상한 선수기용을 한 김기태 감독의 속내를 모두가 궁금해 했다.

김기태 감독은 굳이 부정하지 않았다. 그는 "SK가 우리 팀을 살짝 살려놓은 뒤 다시 짓밟으려 했다. 나는 선수들에게 '상대를 기만하는 행동을 하지 말라'고 가르친다. 그런 우리를 상대가 갖고 논 것"이라고 주장했다. 이어 김기태 감독은 "선수들에게 '우리가 얼마나 허접해 보이면 SK가 저런 식으로 나오겠느냐'고 꾸짖었다. 또 당장 1패를 당하더라도 상대 팀에 일침을 놓고 싶었다"고 말했다. 솔직한 발언으로 그의 의도가 드러났다. SK 사령탑은 자신보다 열한 살 많은 이만수 감독이었다. 직접 겨냥하지 않았지만 김기태 감독의 화살은 SK의 지휘권을 갖고 있는 이만수 감독을 향했다.

정리하면, 김기태 감독은 이만수 감독의 경기운영에 항의하는 뜻으로 마지막 아웃카운트를 일부러 포기했다고 선언한 것이다. 소속팀을 초월해 선후배를 특별하게 따지는 한국 프로야구의 위계에 반기를 든 것이고, 아웃카운트 1개이지만 고의로 포기한 건 틀림없다. 두 가지 모두 김기태 감독에게 데미지가 됐다. KBO는 스포츠 정신을 위배했다며 김기태 감독에게 벌금 500만 원을 부과했다.

그러나 아는 사람은 알았다. 다른 팀 감독들은 "김기태 감독이 그날

한 경기 때문에 그런 무리수를 던졌겠는가. 뭔가 쌓인 게 있었을 것"이라고 말했다. SK가 이날 과도할 만큼 투수 교체를 했더라도 3점 차는 안정권으로 보기 어렵다. 한 경기만 보면 SK의 투수교체 명분이 없는 게 아니었다. 한두 경기만이 아닌 이전부터 누적된 김기태 감독의 불만이 분명히 있었을 것이고, 선배라고 돌려 말하지 않고 정면으로 저항했다는 것이 다른 감독들 말뜻이었다.

두 달여 전 '더그아웃 노래방'이 차려진 직후인 6월 30일. LG는 8-0으로 크게 앞선 채 9회말 수비를 하고 있었다. SK 김재현(등번호 67번)은 내야안타를 때린 뒤 2루에 이어 3루 도루에 성공했다. 2루 도루는 수비진이 견제하지 않아 '무관심 도루'로 기록됐다. 이어진 1사 3루에서 박재상의 적시타에 김재현은 홈을 밟았다. 영봉패를 면하자마자 이번엔 박재상이 2루로 달렸다. 역시 '무관심 도루'였다.

김기태 감독은 이 장면을 상당히 불쾌하게 여겼다. 승부의 추가 기울자 견제를 풀어놓은 상황에서 SK가 무리한 도루를 시도했다고 봤다. 이기기 위해서가 아니라 LG의 영봉승을 깨기 위해서라고 판단한 것이다. SK 관계자는 다음날 LG 관계자를 찾아 전날 도루에 대해 비공식적으로 유감의 뜻을 전했다.

이만수 감독의 과격한 '액션'도 원인을 제공했을 거라는 추측도 있었다. SK가 점수를 내면 감독이 가장 앞장서 세리머니를 한다. 이 동작에 대해서는 여러 감독과 코치, 선수들이 불편해 했다. 6월 12일 잠실경기도 하나의 계기가 됐을 가능성이 높다. 9회말 2사 1·2루에서 LG 오

지환이 SK 정우람의 공에 손등을 맞고 쓰러졌다. LG 코치들과 트레이너가 사색이 돼 타석으로 달려 나가는 순간, 이만수 감독이 더 빨리 뛰어나와 사구가 아니라 파울이라고 항의했다. 오지환의 골절상을 걱정하고 있던 김기태 감독의 표정이 일그러지는 게 중계화면에 잡혔다.

물론 김기태는 구체적인 사례를 들어 이만수 감독을 공격하지 않았다. 김기태 감독은 "야구 불문율을 어긴 데 대한 어필"이라고 주장했다. 이만수 감독은 "이기기 위해 최선을 다했을 뿐"이라고 강변했다.

김기태 감독의 '신동훈 대타 사건'은 수많은 논란을 남겼다. 그는 후회하는 기색을 한 번도 내비치지 않았다. 변명하지 않았고 맞을 매를 다 맞았다. 이 논란으로 인해 김기태 감독은 몇 가지를 잃었다. 적장 이만수 감독과 등을 돌렸고, 후배로서 선배를 도발했다는 평가, 마지막 아웃카운트까지 최선을 다하지 않는다는 비판도 들어야 했다. 그를 잘 아는 지인들은 김기태 감독이 정치적인 손해를 감수하고 사건을 벌였다고 믿고 있다. 당시 LG는 7위에 머물며 4강 탈락이 사실상 확정했다. 건곤일척의 심정으로 김기태 감독은 아웃카운트 하나를 보란 듯 내버린 것으로 봤다.

김기태 감독은 상당한 외풍에 시달렸지만, 선수들 마음을 얻었다. 선수를 대신해 적장과 정면으로 싸울 수 있는 감독이라는 걸 보여줬다. 싸워야 할 때는 다칠 각오를 하고, 패배를 두려워하지 않고 덤벼야 한다는 걸 보여줬다. 신동훈을 비롯해 모든 LG 선수들은 김기태 감독을 조금도 원망하지 않았다.

'더그아웃 노래방'과 '신동훈 대타 사건'은 김기태 감독의 양면을 보여줬다. 노래방을 통해서는 선수단 분위기를 부드럽게 만들기 위해 노력하는 인자함을 풍겼다. 넉넉하고 인간적인, 그리고 여유 있는 리더의 모습이었다. 신동훈을 대타로 낼 때는 전운이 감돌게 했다. 유불리를 따지지 않고 먼저 공격하는 맹수의 기개를 뿜어냈다. 전혀 다른 면을 보인 것 같지만 두 장면에서 김기태 감독이 의도한 건 똑같았다. LG 선수들의 결속이다. LG 선수들끼리 있을 때는 서로를 위하고 함께 즐기는 분위기를 만들었고, 적이 생겼을 때는 맹렬하게 함께 달려들자고 했다.

LG가 강팀이었다면 김기태 감독은 굳이 출혈을 감수하면서 선배와 감정적으로 대치하진 않았을 것이다. 그러나 LG는 모두에게 친절할 만큼 전력적인 여유가 없었다. 구심점을 만들어 단단하게 결집하고 독하게 싸워야 했다. 김기태 감독은 그렇게 2013년을 준비하고 있었다.

옵티머스 속 갤럭시

2012년 11월 어느 날. 김기태 감독은 LG 고참 선수들과 따로 회식자리를 열었다. 힘든 시즌을 보낸 뒤 마련한 쫑파티이자 다음 시즌을 위한 출정식을 겸한 자리였다. 함께한 1년 동안 김기태 감독과 베테랑 선수들의 신뢰는 충분히 쌓인 터였다. 최고참 최동수와 주장 이병규(등번호 9번)를 비롯해 박용택 이진영 정성훈 등 베테랑 선수들이 참석했다.

분위기가 무르익자 김기태 감독이 말했다.

"우리가 더 강해지려면 어떤 선수가 필요하다고 생각들 하지?"

선수들 각자 의견을 냈다. 대체적인 의견은 수비력이 뛰어난 포수만 있다면 2013년을 해볼만 하다고 말했다. 조인성을 떠나보낸 뒤 확실히 주전 포수 자리를 꿰찬 선수가 없었기 때문이다. 또 내야수가 필요하다는 말도 나왔다.

누군가 "현재윤 같은 포수가 있다면 팀 분위기가 달라질 겁니다. 제가 보장할게요"라고 말했다. 김기태 감독은 다른 선수들의 의견을 더 물었고, 대부분 그에 동의했다.

김기태 감독은 다음 날 백순길 단장에게 트레이드가 가능한지 물었다. 사실 LG는 그해 전반기가 끝날 때쯤 현재윤 트레이드를 삼성에 타진한 바 있다. 그러나 LG가 내줄 선수가 마땅치 않아 흐지부지됐다. 게다가 현재윤은 주전 진갑용과 백업 이지영에 밀려 시즌 내내 2군에만 있었다. 기량과 컨디션 파악이 정확히 되지 않은 현재윤을 잡기 위해 주전급 선수를 선뜻 내줄 수 없었다. 몇 달이 지나 김기태 감독이 다시 포수 트레이트를 부탁하자 백순길 단장은 원점에서 다시 협상을 시작했다.

삼성 구단과 몇 차례 협상을 시도하던 중 문제가 생겼다. 삼성에서 FA 자격을 얻은 불펜투수 정현욱을 LG가 잡은 것이다. 웬만하면 자기 팀 선수를 놓치지 않는 삼성이지만 정현욱을 붙잡는 데에는 실패했다. 게다가 그가 재계 라이벌 LG로 이적하자 삼성의 속이 편하지 않았다. 정현욱 불똥 때문에 금방이라도 성사될 것 같았던 트레이드 논의는 얼어붙었다.

그러나 백순길 단장은 멈추지 않고 트레이드를 추진했다. 삼성이 망설이는 사이 오히려 거래 규모를 더 키웠다. 결국 12월 14일 LG는 김태완 정병곤 노진용을 내주고 삼성으로부터 현재윤 김효남 손주인을 받았다. 프로야구 역사상 처음으로 LG와 삼성의 트레이드가 성사된 것이다. 삼성은 2군에서 올라오지 못하는 현재윤을 보낸 대신 잠재력 있는 타자 김태완을 얻었기 때문에 손해 볼 것은 없어 보였다.

과거 트레이드 때 많은 실패를 했던 LG이지만 주저하지 않았다. 시즌 중 급하게 추진하지 않은 것, 화려한 선수보다는 내실 있는 선수를 영입한 것이 이전 트레이드와 다른 점이었다. 그래서 자신있게 움직였다. 특히 챔피언팀 삼성에서 확실한 자리를 잡지 못한 인재들을 빼온 건 훌륭한 아이디어였다. 삼성과도 거래할 수 있다는 적극성이 빚어낸 결과였다. LG 옵티머스 속에 삼성 갤럭시 부품을 장착한 것이다.

삼성에서 데려온 선수들은 기대 이상으로 활약했다. 수비력이 뛰어난 현재윤은 몸을 날려 철벽수비를 해냈다. 포구와 송구, 공배합까지 리그 최고 수준의 기량을 보였다. 2002년 입단 후 11년 동안 진갑용의 거대한 벽에 가려 있었던 현재윤의 진가가 2013년에야 드러냈다.

하위타선에 자리한 현재윤은 타선의 흐름을 이어가는 데에도 큰 역할을 했다. 타격이 뛰어나지 않았지만 그는 번트 등 작전수행 능력이 좋다. 조인성처럼 화려하지 않아도 LG가 더 단단해지는 데 꼭 필요한 포수였다. 또 현재윤은 원정 룸메이트 윤요섭을 잘 챙기고 가르쳤다. 현재윤이 두 차례 손 부상을 입었을 때 윤요섭이 한층 향상된 기량을 보였던 건 현재윤의 노력 덕분이었다.

물론 현재윤에게도 위험요소가 있었다. 그는 만 33세까지 한 번도 풀타임을 뛴 적이 없었다. 통산타율은 2할대 초반에 그쳤다. '수비형 백업 포수'가 그에게 맞은 옷 같았다. 그러나 LG는 현재윤의 약점보다 장점을 더 크게 봤다. 김기태 감독은 현재윤을 영입해 마스크를 쓰게 하면서 필요할 때마다 휴식을 줬다. 급하다고 일주일 내내 선발로 뛰게 한 경우

는 없었다. 덕분에 현재윤의 기량과 파이팅을 모두 끌어낼 수 있었다.

손주인은 만년 백업선수였다. 2002년 삼성에 입단해 한 시즌도 100경기 이상 뛴 적이 없다. 통산 홈런은 단 1개에 그쳤다. 손주인은 건실한 수비실력을 갖췄고, 꾸준히 타석에 서면 타율 2할5푼 정도는 쳐낼 수 있는 내야수였다. 그러나 삼성에서는 그 정도로 주전이 되진 못했다. 타격이 매서운 신명철, 펀치력과 스피드가 뛰어난 조동찬이 우선적으로 기용됐기 때문이었다.

LG는 손주인을 백업선수로만 보지 않았다. 그의 안정성을 높게 평가했다. 몇 년째 마땅한 2루수가 없어 고민이었던 LG에게는 더 없는 보배였다. 그는 LG의 주전 2루수를 꿰차더니 시즌 초 타격 상위권까지 치고 나갔다. 시간이 지날수록 타율이 2할대로 내려오긴 했지만 하위타선의 뇌관 역할을 계속 해냈다. 전반기에 올린 타점 29개는 하나도 버릴 게 없었다. LG-삼성 트레이드의 몸통은 현재윤이 아니라 손주인이라는 얘기도 나왔다.

트레이드는 아니지만 FA 정현욱도 LG의 초반 상승세를 이끌었다. 역대 최강이라는 삼성 불펜에 있었던 만큼 LG 마운드에 안정감을 줬다. 시즌 초 유원상이 등판하지 못했을 때 정현욱은 봉중근 앞에서 셋업맨 역할을 충실히 했다. 이 선수들을 내줬을 때만 해도 삼성은 LG가 선두권까지 치고 올라오리라고 전혀 예상하지 못했을 것이다. LG는 삼성의 팀 상황을 파악해 적극적으로 협상했다. 덕분에 비어 있던 포지션에 딱 들어맞는 주전 선수를 둘이나 얻었다.

프로야구 최초의 트레이드는 1982년 12월 내야수 서정환이 삼성에서 해태로 간 것이다. 이후 연평균 10건 정도의 트레이드가 성사된다. 물밑에서 협상하다 결렬된 거래는 그보다 몇 배 많다. 1988년 11월 삼성 김시진과 롯데 최동원이 포함된 4대3 트레이드나, 1998년 12월 삼성 양준혁, 황두성, 곽채진과 해태 임창용이 유니폼을 바꿔 입은 빅딜 같은 건 2000년대엔 좀처럼 일어나지 않았다. 구단과 관계가 껄끄러운 선수를 정리할 때, 또는 선수를 팔아 구단의 운영자금을 마련해야 할 때를 제외하고는 대형 트레이드가 성사되기 어렵다.

트레이드는 구단 프런트에게 가장 힘든 작업이다. 영입한 선수가 부상은 없는지 면밀히 조사해야 한다. 새 팀에서 잘 적응할 수 있을지 예측해야 한다. 반면 내보낸 선수가 박병호처럼 갑자기 잠재력을 폭발시킨다면 트레이드를 추진한 주체는 책임질 각오를 해야 한다. 구단수가 적고, 단일 리그로 운영되는 한국 프로야구에서는 트레이드 손익이 명확히 드러난다. 따라서 프런트는 트레이드에 소극적일 수밖에 없다.

2000년 이후 LG는 트레이드에 적극적으로 뛰어들었지만 결과는 썩 좋지 못했다. 수차례 트레이드 실패 때문에 위축될 만도 했는데 한 번 더 시도했다. 뭔가 바꾸려는 노력을 하지 않고는 아무것도 바뀌지 않는다는 걸 깨달았기 때문이다. 지략보다 용기가 더 필요한 트레이드에서 LG가 드디어 성공을 거뒀다.

DTD를 이겨내는 법

 5월 7일 잠실구장. LG와 넥센의 주중 3연전 첫날이었다. 30년 지기인 두 사령탑이 LG 감독실에서 마주했다. 김기태 LG 감독과 염경엽 넥센 감독은 타격자세를 주제로 주거니 받거니 의견을 나누고 있었다. 대화는 점차 디테일하게 진행됐다. 테이크백 동작을 놓고 갑론을박이 이어졌다. 타석에서 방망이를 뒤로 살짝 빼면서 힘을 모으는 동작, 테이크백에서 타격의 성패가 결정된다는 것에는 둘 다 동의했다.

 투수가 투구 동작을 시작하면 타자는 테이크백 동작을 취한다. 투수의 공에 맞서기 위해 기다리는 시간이다. 기다림에 여유가 없으면 투수의 리듬에 끌려가게 된다. 공을 자기 타이밍으로 끌어들이지 못하고 쫓아만 다니다가는 투수에게 질 가능성이 높다.

 김기태 감독은 테이크백을 양궁에 비유했다. "활시위를 당겨놓고 꾹 참고 있다가 최고의 타이밍에 활을 놔야 과녁을 명중할 확률이 높아진다. 타격도 마찬가지다. 테이크백을 할 때 활시위를 당기듯 기다릴 줄 알아야 한다"고 말했다. 타율이 갑자기 떨어지는 타자들은 테이크백을 하는 둥 마는 둥 급하게 방망이를 휘두른다. 성급한 마음에 충분히 기다리지 못하는 것이다. LG가 정규시즌을 운영하는 것도 테이크백을 하

고 스윙을 하는 것과 다름없었다. 김기태 감독은 테이크백을 최대한 길게 하기로 했다. 당장 쓰고 싶은 선수가 눈앞에 보여도 시즌 중후반을 기약하면 꾹 참았다. 승부수를 던질 때를 기다린 것이다.

김기태 감독의 전략은 궁극적으로 DTD의 저주를 이겨내기 위해서였다. 문법적으로 맞지도 않는 말이 인터넷을 통해 널리 퍼진데 이어, 기사에서도 자주 소개될 만큼 유명해졌다. 그만큼 DTD 저주와 LG의 성적 추이는 기막히게 맞아떨어졌다. 김기태 감독은 이걸 이겨내야 했다.

DTD의 저주는 두 가지 이유 때문이었다. 거듭된 실패에 따른 패배 의식이 선수들 사이에서 알게 모르게 자리 잡은 탓이었다. 시즌 초반 잘

견디다가도 고비를 극복하지 못한 것이다. 어느 팀이나 긴 시즌을 치르다 보면 반드시 위기가 찾아오는 법인데, LG는 실패의 기억들이 누적된 탓에 두려움을 더 크게 느꼈다. 심리의 문제였다.

진짜 이유는 얇은 선수층이었다. 어느 팀이든 시즌 개막에 맞춰 준비한 선수들을 시즌 막판까지 끌고 가지는 못한다. 정도의 차이가 있지만 부상 선수가 꼭 나오고 부진에 빠지는 선수들도 나타난다. 시즌 초 LG 선수 구성을 보면 그리 약해보이지 않지만 부상 선수가 한두 명 나오기 시작하면 걷잡을 수 없이 무너졌다.

응시사항

지난 날은 빨리잊고 과거보다 현재와 미래가 중요하다
할수 있을때 하지 못하면 하고 싶을때 하지 못한다
이병규 선수는 선수 여러분을 믿습니다
미안합니다 옆에 있어주지 못해서 ...
응원합니다 끝까지 ...
긴 식으로 지자 갑니다. 맛있게드시고, 힘냅시다 ! ^^
(3시 30분 배달예정)

김기태 감독 역시 LG 지휘봉을 잡은 뒤 DTD의 고통을 생생히 맛봤다. LG는 2012년 조인성 이택근 송신영 등 주축 FA들이 한꺼번에 빠져 나갔다. 또 박현준과 김성현은 불미스러운 일로 제명을 당했다. 그런 가운데 LG는 5월까지 선두권을 위협할 정도로 잘 싸웠다.

마무리 봉중근이 6월 22일 잠실 롯데전에서 처음으로 세이브에 실패한 뒤 라커룸 소화전을 때려 오른손 골절상을 입었다. 이후로 LG는 또다시 추락했다. 뒷심이 약해진 LG는 마운드 싸움에서 계속 밀리기 시작했다. 투수력이 무너지자 타격도 흔들렸다. LG는 계속 밑으로 내려갔다.

차명석 투수코치는 자신이 쓰는 야구일기에서 DTD의 고통을 표현했다. 내려갈 대로 내려간 8월 어느 날이었다.

'(승패차)−13. 6월의 희망은 사라지고 이제 꼴찌를 걱정하고 있다. Team이 무너지는 데는 많은 시간이 필요하지 않다. 이렇게 단시간에 무너지나? 중근이가 부상으로 빠졌다고 해서 무너진 게 아니다. 마운드 운영이 미흡했다. 결국 내가 미흡했다….'

혹독한 시행착오를 거친 LG는 2013엔 더 멀리 보려했다. 당장 급하더라도 활시위를 최대한 당겨뒀다가 초여름 승부처에서 쏘기로 했다.

시즌이 개막하기 전부터 악재가 나왔다. 주장 이병규(등번호 9번)가 허벅지 부상으로 개막 엔트리에서 빠진 것이다. 한 번 다치면 좀처럼 낫지 않는 게 허벅지다. 게다가 마흔 나이에 당한 부상이기 때문에 그의 복귀 시점을 예상하기도 어려웠다.

김기태 감독은 4월이 지나도록 마치 이병규를 잊은 것 같았다. 아예 이병규 이름을 입 밖으로 꺼내지 않으려 애를 썼다. 급한 마음에 당겨썼다가 여름에 다시 탈이 날 수도 있기 때문이었다.

속이 타들어가는 건 이병규였다. 그라운드 안팎에서 후배들을 독려하며 주장 역할을 하고 싶었지만 복귀 일정이 생각 이상으로 길어지고 있었기 때문이었다. 부상은 많이 나은 것 같은데 그가 할 수 있는 건 구경밖에 없었다. 5월 3일엔 늦은 새벽까지 잠을 이루지 못했다. 창원 원정경기를 갔던 LG가 NC에게 3연패를 당한 장면을 TV로 본 뒤였다. 피곤해도, 눈을 감아도 잠이 오지 않았다. 이병규는 라커룸 게시판에 자신

의 메시지를 적어달라고 구단 직원에게 부탁했다.

'지난 경기는 빨리 잊고…, 과거보다 현재 그리고 미래가 더 중요합니다. 할 수 있을 때 하지 못하면 하고 싶을 때 하지 못합니다. 이병규는 선수 여러분을 믿습니다. 미안합니다. 옆에 있어주지 못해서.'

이병규는 나흘 뒤인 5월7일 1군으로 올라왔다. 처음에는 외야수로 뛰는 게 쉽지 않았다. 수비는 포기하고 지명타자로 나섰다. 그는 방망이만으로 끝내줬다. 활시위를 정말 잘 당겼다는 느낌이 들 만큼 이병규의 타격은 백발백중이었다.

인내심이 더욱 필요했던 파트는 마운드였다. LG는 SK와의 개막 2연전을 이긴 뒤 4월 한 달 동안 20경기에서 10승 10패를 기록했다. 5할 승률을 간신히 지키다가 5월 들어 하락세가 뚜렷했다.

5월 시작과 함께 7경기에서 1승6패. 이쯤 되니 또 DTD의 저주가 반복되는 듯했다. 선발진이 흔들린 탓이었다. 외국인투수 주키치가 제몫을 하지 못한 데다, 제4선발로 시즌을 맞은 임찬규도 자리를 오래 지켜내지 못했다.

LG 프런트는 2군에서 몸을 만들고 있는 류제국을 떠올렸다. 우여곡절 끝에 팀에 합류했지만 스프링캠프에 가지 못했기 때문에 그가 얼마나 해줄지는 미지수였다. 류제국은 4월 30일 SK와의 2군 경기에서 7이닝 4피안타 무실점을 기록했다. 그만하면 1군으로 올라가도 될 것 같았다. 그러나 김기태 감독과 차명석 투수코치는 참고 기다렸다. 체력을 쌓는 게 우선이라고 여긴 것이다. 팀 상황이 계속 어려워지고 있었지만 승률이 5할 밑으로 내려간 상황에서도 류제국을 아꼈다.

미루고 미룬 끝에 결정한 류제국의 복귀일은 5월 19일 잠실 KIA전이었다. 당시 LG가 4연패를 당해 14승20패까지 몰리고 있었다. 류제국은 승리투수가 되며 연패를 끊었고 이후로 탄탄대로를 걸었다. 김기태 감독은 류제국이 선발로 던지면 최소 닷새를 쉬도록 배려했다.

기로에서 더 빛난 건 마운드의 예비전력이다. 차명석 코치는 7월 어느 날, 사이드암 투수 김선규를 보며 회심의 미소를 지었다. 힘들고 지친 여름에 김선규를 요긴하게 활용할 타이밍을 잡았기 때문이었다. FA로 삼성에서 이적한 정현욱이 불펜 승리조에서 제 역할을 하다가 7월 들어 흔들리고 있었다. 5경기를 던지는 동안 1.2이닝밖에 버티지 못했고 5실점이나 했다. 7월 평균자책점을 따지면 27.00. LG는 5월 이후 2군에서 대기하던 사이드암 김선규를 7월 9일 올렸다. 김선규는 7월 한 달 동안 5경기에서 8.2이닝을 던지며 1실점만 했다. 뿐만 아니라 불펜 기대주 유원상도 기다렸다. 2012년 최고의 셋업맨으로 활약한 그는 2013년을 앞두고 허벅지를 다쳤다. 김기태 감독은 유원상을 한여름에야 불러올렸다. 제대로 쓸 수 있는 선수가 아니라면 마치 저금을 하듯 아끼고 기다렸다.

김기태 감독은 DTD의 저주를 미신으로 보지 않았다. 냉정하게 바라봤고 합리적인 방법을 찾아 극복하려 했다. LG 2군 감독으로 있던 경험을 살려 과거 어느 사령탑보다 선수 기용 폭을 넓혔다. 2012년 LG에선 이천웅 김재율 최영진 등 낯선 야수들이 자주 보였다. 마운드에선 최성훈 이승우 등 다양한 얼굴이 등장했다. 이들이 활약하는 동안 주력 선수들이 체력을 비축할 수 있었다. 얇은 선수층을 극복하기 위해 당장은 못 미더워도 젊은 선수들을 기용했다. 김기태 감독은 2012년 DTD를 극복하지 못했지만, 실패를 거울삼아 2013년 비로소 저주를 푸는 데 성공했다.

이겨야 오해도 풀린다

"어, 원래 이런 스타일인가."

이진영은 LG가 낯설었다. 그의 의문이 풀리는 데에는 얼마간의 시간이 필요했다.

2008년 겨울 이진영은 FA 자격을 얻었다. 진로를 놓고 깊이 고민해야 할 때를 맞았지만 그에겐 여유가 없었다. 소속팀 SK가 일본 도쿄에서 아시아시리즈를 치르는 바람에 외국에서 원소속구단과의 우선 협상 기간을 보냈다. 이진영과 SK는 계약에 성공하지 못했다.

이진영은 귀국한 뒤에야 다른 구단들과 협상할 수 있었다. 그는 꽤 빠르게 LG 이적을 결정했다. 오랜 침체를 겪고 있던 LG에서라면 새롭게 도전할 일들이 많을 것으로 생각했다. 어린 시절부터 갖고 있던 LG에 대한 동경도 작용했다. 이진영은 2009년 LG 선수로 첫 시즌을 맞았다. 그런데 밖에서 생각했던 LG와 직접 경험한 LG는 꽤 달랐다. 원정경기에 오면 선수들이 도무지 호텔 방에서 나갈 생각조차 하지 않았다.

원정 도착 첫 날 저녁시간엔 선수들에게 여유시간이 있다. 삼삼오오 모여 지역 맛집을 찾거나 맥주 한 잔을 기울이는 게 프로야구 선수들의 공통된 문화다. 그런데 LG 선수들은 밖에 나가면 큰일이라도 날 것처럼 극도로 조심하고 있었다. 누군가 외출 금지령을 내린 것도 아닌데도 그랬다. 그때서야 이진영은 LG 선수들 마음에 자리한 시퍼런 멍 자국이 보였다.

이진영은 "누가 강제로 통제하는 분위기가 아니었다. 그렇게 해야 한다는 생각이 깊이 박혀 있는 느낌이었다. 괜히 외출했다가 흠이라도 잡히면 팬들에게 비난을 받을 테니 차라리 방에서 쉬는 게 낫다고 생각하는 것 같았다"고 말했다. 이어 이진영은 "이런 표현이 어떨지 모르겠지만 LG 선수들은 다른 팀 선수들에 비해 정말 착하다. 밖에서 생각했던 것과 전혀 달랐다"고 덧붙였다.

LG에는 참 희한한 일들이 자주 터졌다. 젊은 선수가 인터넷을 통해 감독에게 항명하는가 하면, 선수들이 야구장 밖에서 소소한 취미생활을 즐기는 장면이 부적절한 모습으로 비춰지기도 했다. 지금은 스포츠채널이 프로야구 선수 당구대회를 방송하는 시대이지만, LG 선수들이 당구장에서 노는 모습이 목격되면 부진한 성적과 맞물려 몹쓸 행동으로 비난받곤 했다. LG 선수들이 다른 팀 선수들에 비해 도드라지게 그릇된 행동을 하는 건 아니었다. 보는 시선이 삐딱했기 때문이었다. 팀 성적이 나쁘고 밖으로 노출된 문제가 많으니 그럴 수밖에 없었다.

다른 팀에서 뛰다가 LG로 이적한 선수들은 대부분 비슷한 얘기를 했다. LG 선수들이 왠지 모르게 위축돼 있고 기가 죽어 있다고들 했다. 실력으로 상대를 누르지 못하면서 주눅까지 들어 있으니 야구가 잘될 리 없었다. 악순환이었다. LG에서 무슨 일이 생기면 그 사건을 밖에선 더 크게 떠들었다. "또 LG야?"

LG는 1990년대 최고 인기구단이었다. 유지현 서용빈 김재현 등 슈퍼루키들이 등장했고, 세련된 이미지에 야구도 잘했다. 최고의 브랜드는 최고의 인기를 끌었다. LG의 인기는 동전의 양면 같았다.

90년대 LG는 스타가 많은 게 자랑이었다. 2003년 이후 성적이 나빠지자 LG 선수들의 인기는 독인 것처럼 여겨졌다. 선수들의 개성이 강해서 하나로 뭉치지 못하는 모래알 같은 팀, 근성과 투지가 없는 팀이 LG의 다른 이름이었다. 마치 주홍글씨 같았다.

2009년 8월엔 포수 조인성과 투수 심수창이 마운드에 말다툼을 하는 장면이 벌어지기도 했다. TV를 통해 전국으로 생중계된 이 모습은 LG의 모든 것인 양 비춰졌다. 두 선수는 곧바로 화해했지만 아무 소용없었다. 둘은 물론 선수단 전체가 여론의 집중타를 얻어맞았다.

LG는 팬이 많다. 조용히 숨어 있던 팬들이 LG의 부활을 확인한 2013년 오프라인과 온라인을 가리지 않고 거대한 응원전을 펼쳤다. 워낙 팬들의 성원이 크기 때문에 LG 유니폼을 입으면 실력에 비해 더 주목받고 사랑받는 게 사실이었다. 많은 인기는 그만큼 큰 부담감으로 돌아왔다. 마음이 무거우니 야구도 잘 되지 않았다. 선수들은 겉만 요란하

고 실속이 없다는 말을 듣기 십상이었다. 그럴수록 LG 선수들의 심장은 더 약해졌다.

LG에서 성공적인 선수생활을 마치고 지도자로 활약하고 있는 유지현 수비코치와 서용빈 타격코치는 LG의 뿌리를 재조명받고 싶어 한다. 몇 해 전 두 코치는 일본 오키나와 캠프에서 모여 LG의 과거와 미래를 얘기했다.

당시 서용빈 코치는 "흔히들 1994년 LG 멤버가 좋았다고 말한다. 그러나 그 또한 만들어진 선수들이라는 점을 기억해야 한다. 시즌 전 모든 전문가들이 우리를 상위권으로 평가하지 않았다. 기대하지 않았던 선수들이 아주 뛰어난 성적을 내면서 전체 전력이 갑작스럽게 좋아졌다"고 회상했다. 서용빈 코치는 "당시 이광환 감독님이 자율야구를 강조하셨다. 다른 팀에서 봐도 LG는 자유분방하고, 개성이 강한 것처럼 보였을 것이다. 그런데 그게 전부는 아니었다. 선수들이 각자의 본분을 다 지켰다. 선배는 선배대로, 후배는 후배대로 자기 역할을 했다"고 회상했다.

유지현 코치는 "94년엔 선수들이 각자 무엇을 해야 할지 정확히 알고 있었다. 팀의 목표를 위해 개인이 움직여야 하는 걸 파악하고 있었던 것 같다. 그게 90년대 LG 야구의 힘이었다. 이후 한 번쯤 더 우승하고 2000년대로 넘어갔으면 어땠을까. 그랬다면 아마 LG의 힘이 더 깊이 뿌리내릴 수 있지 않았을까"라고 물었다. 유지현 코치는 LG의 팀 컬러가 완전하게 자리를 잡기 전에 곡해되어 버린 과정을 여전히 아쉬워했다.

2002년 입단한 박용택은 LG의 아픈 10년을 고스란히 겪은 선수다. 인기의 달콤함보다는 쓴맛을 더 많이 봤다. 박용택은 2009년 타격왕 (0.372)에 올랐지만 시원하게 축하받은 기억이 별로 없다. 그해 겨울 박용택이 어디를 가도 LG의 실패 얘기를 들었을 뿐이었다. 하소연할 곳도 마땅치 않았다. 아무리 해명을 해도 상대는 귀 기울여 듣지 않았다. 이기는 것, 4강에 가는 것만이 LG의 약이었다.

투수 최고참 류택현은 "그간 LG 베테랑의 역할도 좋은 평가를 받지 못했던 것 같다. 분명히 말할 수 있는 건 다른 팀 고참들과 LG 고참들이 다르지 않았다는 것이다. 책임감을 갖고 후배들을 대했는데 결과가 매번 나쁘게 나오니 과정까지 제대로 평가받지 못했다. 결국 일단 이겨야 우리를 믿어준다는 것을 알게 됐다"고 말했다.

LG에서 5년을 보낸 이진영은 "2013년엔 이병규 형이 리드하고 중고참이 잘 받쳐줬다. 또 후배들은 우리를 따라줬다. 그러나 예전이라고 올해와 크게 달랐던 건 아니다. 선수간 위계질서는 언제나 잡혀 있었다. 팬들에게 좋은 성적으로 보답하는 것이 답이다. 이전엔 그걸 못했고 2013년엔 그걸 해냈다"고 말했다. 2013년 LG는 포스트시즌에 진출하면서 해묵은 문제들을 상당 부분 풀어낼 수 있었다.

열쇠는 LG맨들이 쥐고 있다

2006년 6월. LG는 양승호 감독대행 체제로 남은 시즌을 치르기로 한다. 이순철 감독이 성적 부진으로 사퇴하자 양승호 감독대행에게 지휘봉이 넘어왔다. 코칭스태프에 변화의 바람이 불었다. 이순철 감독과 함께 최계훈 투수코치가 물러났고 차명석 불펜코치가 1군 투수코치로 이동했다. 차명석 코치는 투수진을 맡자마자 다소 엉뚱한 제안을 한다.

"규민이를 마무리로 쓰면 어떨까요?"

당시 LG의 뒷문은 5월 말 급하게 영입한 카라이어가 맡고 있었다. 전문 마무리로 쓰기 위해 구단이 공 들여 데려온 선수 대신 스물한 살짜리 투수 우규민을 마무리로 추천한 것이다.

"우규민을 마무리로?" 차명석 코치의 돌발 제안에 구단이 시큰둥한 반응을 보였다. 우규민은 요즘 표현으로 하면 '추격조'에서 던졌던 시절이었다. 더구나 전문 마무리로 계약한 외국인투수를 보직 이동시키려면 계약 내용을 조정해야 하는 등 복잡한 절차가 필요했다. 그래도 차명석 코치는 소신껏 밀어붙였다.

이미 4강 경쟁은 사실상 어려워진 터였다. 물론 남은 시즌 동안에도 최선을 다해야겠지만, 더불어 팀 개편을 하는 차원에서라도 국내선수가 마무리를 맡아야 한다고 역설했다. 급기야 차명석 코치는 "우규민의 마무리 기용이 실패하면 내가 책임을 지겠다"고 구단과 약속했다. 진통 끝에 보직 이동이 이뤄졌다.

차명석 코치는 LG를 떠나지 않아도 됐다. 우규민이 남은 시즌 17세이브를 거두며 성공적으로 안착했기 때문이다. 평균자책점 1.55를 기록하며 수준급 마무리 투수로 활약했다. 우규민은 이듬해 30세이브를 달성했다. 우규민은 선발로 전환해 2013년 10승 투수가 됐다. 봉중근이 든든하게 뒷문을 지키고 있기 때문에 선발로 전환한 뒤에도 또 성공을 거뒀다.

김기태 감독이 이끄는 코칭스태프에는 LG를 너무도 잘 아는 코치들이 전면 배치돼 있다. 1990년대 불펜야구의 새로운 세계를 개척한 차명석 투수코치와 LG 명유격수 계보를 이으며 신바람 야구를 주도한 유지현 수비코치, 그리고 신바람 야구의 다른 주역 서용빈 타격코치 등 쟁쟁한 얼굴이 1군에 포진돼 있다. 김기태 감독은 이들 코치진의 전문성을 최대한 살리려 했다.

그들은 각자는 LG의 브랜드를 갖고 있었다. 자존심과 책임감으로 무장한 LG맨들은 김기태 감독의 믿음에 응답했다. 차명석 코치는 김기태 감독이 부임한 2011년 말 1군 투수코치로 올라왔다. 차명석 코치는 반복된 실패로 인해 누적된 투수들의 심리적 상처부터 치유하는 데 주력했다. LG는 2002년을 마지막으로 포스트시즌 진출에 계속 실패했고, 해마다 투수진 퍼즐이 산산이 흩어지는 가운데 시즌을 마감했다. 투수들이 받은 스트레스는 밖에서 보는 것 이상이었다. 팀 성적이 형편없고 개인성적도 내세울 게 없으니 그들의 자신감은 바닥을 기어 다니고 있었다.

차명석 코치는 투수들의 마음부터 달랬다. 그는 "난 LG 투수력이 약하다고 생각해본 적이 없다. 다만 갖고 있는 실력이 밖으로 나오지 않았을 뿐이다. 우리도 갖고 있는 실력만 낸다면 얼마든지 삼성을 쫓아갈 수 있다"고 여러 차례 강조했다.

충분히 위로가 되는 말이었다. 그러나 LG 투수들은 차명석 코치의 말을 믿을 수 없었다. LG 투수들은 2년이 흐른 뒤에야 거울 속 자신의 모습을 달리 보고 있었다. LG는 수년간 최강이었던 삼성 마운드를 끌어내리고 2013년 팀 평균자책점 1위 팀이 됐다.

차명석 코치는 투수들을 믿고 시즌을 구상했다. 그의 그림은 현실이 됐다. 우규민은 압도적인 구위를 보이는 투수가 아니다. 그러나 선발로 꾸준히 등판하면 퀄리티스타트(6이닝 이상 투구 3자책점 이하)는 해줄 수 있을 것으로 내다봤다. 우규민은 낮은 공을 일관성 있게 던질 수 있는 안정성을 갖고 있었다. 7년 전 차명석 코치가 그를 마무리투수로 믿고 기용했던 것도 좀처럼 연타를 맞지 않아서였다. 차명석 코치는 우규민

이 선발로 안착하도록 도왔다. 우규민은 안정적으로 던졌고, 로테이션을 꾸준히 지키며 데뷔 후 처음으로 10승을 올렸다.

　여기에 무릎수술을 받고 뒤늦게 팀에 합류한 왼손투수 신재웅 등이 기대대로 던져준 데다 선발 후보였던 사이드암 신정락도 제 역할을 했다. 차명석 코치는 2010년 1차지명 선수인 신정락을 위해 많은 공을 들였다. 구단이 가장 먼저 선택한 1차지명 선수는 특급 선수가 될 자질이 있다는 뜻이다. 그를 제대로 키워내지 못하면 지도자도 함께 책임을 져야 한다는 게 차명석 코치의 지론이었다. 차명석 코치는 신정락의 투구 폼부터 마음가짐까지 근거리에서 살폈다. 덕분에 2013년 알토란 같은 선발로 활용할 수 있었다.

　차명석 코치는 "선발 로테이션 중 한두 명이 예상대로 던지지 못한다면 늦어도 6월엔 류제국이 들어올 것이라고 계산했다"고 말했다. 우려대로 오른손 선발요원이던 임찬규가 제몫을 하지 못했다. 선발진이 흔들리며 변화가 필요한 상황이 몇 차례 있었다. 이때마다 차명석 코치는 적절한 대안을 꺼내들었고 고비를 넘겼다.

LG의 또 다른 문제는 유격수 자리였다. MBC 청룡의 김재박 그리고 LG의 유지현까지 LG는 유격수의 왕국이었다. 둘 다 수비와 공격, 주루까지 출중한 유격수였다. LG가 성적이 좋지 않을 때 수비의 핵인 유격수 자리에도 구멍이 휑하게 났다. LG는 박종훈 감독 부임 첫해인 2010년 팀 리빌딩을 구호로 내걸었다. 가장 상징적인 변화가 2009년 신인 오지환을 유격수로 적극 기용한 것이었다.

오지환의 첫해 타격성적은 타율 0.241, 13홈런, 63타점. 정확도는 다소 떨어졌지만 특유의 손목 힘으로 장타를 제법 터뜨렸다. 문제는 수비였다. 오지환은 첫해 실책 27개로 8개 구단 전체 야수 가운데 가장 많았다. 그 바람에 '오지배'라는 달갑지 않은 별명도 붙었다. '오지배'는 오지환이 경기를 지배한다는 뜻이다. 경기를 잘해서 지배할 때도 있지만, 결정적인 실책으로 경기를 망치는 일도 많았다. 오지환의 실책은 그래서 더 선명하게 기억됐다. 그러나 LG는 이미 내놓은 카드를 회수하지 않고 강단 있게 밀어붙였다.

오지환은 2011년 들어서는 오른 손등 수술을 받았다. 출전횟수가 줄어들었다. 기용 문제를 놓고 갑론을박하는 훈수꾼이 늘어났다. 기로에 선 오지환은 2012년 새로운 선생님을 얻는다. LG는 오지환의 담임교사로 유지현 코치를 붙였다. 이전 시즌까지 작전 및 주루코치를 맡고 있던 유 코치는 수비 강화를 위해 수비코치로 보직을 바꿨다. 그리고 '오지환 만들기'에 박차를 가했다. 유지현 코치는 오지환을 강하게 다뤘다. 스프링캠프에서 하루 1000개 이상의 펑고를 때리며 포구 훈련을 중점적으로 시켰다. 펑고를 받는 오지환만큼이나 치는 유지현 코치도 힘든 개수였다.

첫술에 배부르지는 않았다. 오지환은 2012년 실책 25개를 기록했다. 전체 야수 가운데 또 가장 많은 숫자였다. 그러나 경기 내용이 달라지기 시작했다. 오지환은 8개 구단 전체 야수 가운데 출전 경기수가 가장 많았다. 유격수로는 1141이닝을 뛰며 동일 부문 2위인 삼성 김상수 (1101.2이닝)보다 약 40이닝을 더 뛰었다. 실책이 많았지만 '자살과 보살수'를 '자살+보살+실책수'로 나눈 수비성공률은 0.963으로 누구에게도 뒤지지 않았다. 또 수비범위를 나타내는 '수비기여도(Range Factor)'로 따지면 오지환의 수비는 오히려 다른 유격수의 평균을 훨씬 넘었다. 실책이 많았지만 아웃도 많이 잡은 것이다

유지현 코치는 2012년을 보내며 오지환에 대해 별 말을 하지 않았다. 그러나 2013년을 시작하면서는 비로소 "오지환이 이제야 유격수로서 경쟁력이 생겼다. 이제는 '유격수 오지환'이라고 불러도 좋다"고 선언했다. 오지환이 드디어 유지현 코치의 눈에 차기 시작한 것이다.

오지환은 경기고 재학 시절 투수로 뛰어난 활약을 했다. 유격수도 봤지만 전문적인 수비 수업을 받지 못한 채 프로에 입단했다. 싱싱한 어깨

와 강한 체력, 뛰어난 기동력 등 기본적인 재능을 충분히 갖추고 있었지만 프로에서 유격수로 살아남기 위해선 보완할 게 한두 가지가 아니었다. 풋워크가 경쾌하지 못한 데다 글러브 다루는 솜씨도 부드럽지 못했다. 긴장감이 커지는 승부처에서 유독 실책이 많은 이유이기도 했다.

유지현 코치는 오지환의 수비 습관을 바꿔주기 위해 안간힘을 썼다. 어느 날 유지현 코치는 오지환을 보며 환하게 웃었다. 그는 "예전 오지환은 급할 때 글러브부터 뺐다. 이제는 발이 먼저 가 공을 잡아놓는 동작이 몸에 익고 있다. 발이 먼저 쫓아가니 글러브질이 편안해졌다. 송

구까지 자연스럽게 이어지고 있다"고 했다.

2013년 '오지배'란 말이 쏙 들어갔다. 결정적 순간에 오지환의 실책으로 LG가 흐름을 빼앗기는 경기가 없었기 때문이었다. 수비수는 환상적인 호수비를 했을 때 말고는 언론이나 팬들 입에 거론되지 않아야 한다. 있는 듯 없는 듯 자리를 지켜야 진짜 잘하는 수비수다. 2013년 오지환이 바로 그랬다. 한두 해 전과 비교하면 대변신에 가깝다. 유지현 코치는 "오지환에겐 더 성장할 여지가 남아있다"고 했다. 오지환이 중심이 된 LG 내야의 미래는 밝다.

Part 4

LG '인화'로
다시 태어나다

김기태 감독, 맥주캔과 눈물

김기태 감독은 환영받지 못했다.

2011년 10월 7일. LG 구단은 박종훈 감독의 사퇴 발표 뒤 하루 만에 김기태 수석코치를 1군 감독으로 승격한다고 밝혔다. 여론은 차가웠다.

지도자 김기태의 리더십은 2군 감독을 지내면서 충분히 인정받은 터였다. 그러나 복잡한 구단 사정이 문제였다. LG는 9년째 4강 진입에 실패한 뒤 또다시 참담한 가을을 맞고 있었다. 초보 사령탑임에도 5년 장기계약을 했던 박종훈 감독이 2년 만에 물러난 뒤 곧바로 1군 감독에 경험 없는 인물을 낙점하자 팬들은 난리가 났다. LG 트윈스 관련 인터넷 사이트 팬 게시판에는 구단의 선택을 노골적으로 비난하는 글들로 도배됐다. '현재 LG 상황에서는 성적을 보증할 수 있는 검증된 사령탑을 영입했어야 옳았다'는 글들이 계속 올라왔다.

프로야구 선수 출신으로 프로야구 감독이 되는 것은 더없이 영광스

러운 일이다. 감독이 되는 순간, 야구계에서 위상이 큰 폭으로 올라간
다. 각 처에서 쏟아지는 축하에 일일이 답하기도 어려운 시간을 보내게
된다. 게다가 최고 인기구단 LG의 지휘봉을 잡았다면 두말할 것도
없다.

　그러나 김기태 감독은 달랐다. 프로야구 감독으로 전격 발탁된 것인
지 감독 자리에서 전격 경질된 것인지 분간이 힘들 지경으로 고통스러
운 시간을 보냈다. 무슨 죄인이라도 된 것처럼 음지에 숨었다. 김기태
감독이 홀로 사는 아파트에는 다 마신 맥주 캔들이 수북이 쌓였다. 축하

주를 사겠다는 지인들의 호의에 즐겁게 답할 마음이 들지 않았던 것이다. 술 한 잔 생각나는 날이면 캔 맥주를 사들고 집으로 가 혼자 목을 축였다. 사람 많은 곳에 나가는 것 자체가 부담스러운 나날이었다. 축복받지 못한 감독 데뷔였다.

김기태 감독부터 LG의 새 사령탑이 되는 걸 쉽게 받아들이지 못했다. 2011시즌 중반 수석코치로 올라와 모셨던 박종훈 감독이 떠났고, 선배가 남긴 지휘봉을 자신이 곧바로 받아들이는 것도 괴로웠다. LG 구단도 잠행하듯 움직였다. 감독 선임 발표 뒤 그다지 좋은 평가가 나오지 않자 구단의 고위 관계자는 "눈물이 날 지경"이라며 괴로워했다.

구단이 김기태 수석코치를 사령탑으로 최종 낙점한 이유는 그에 대한 내부평가가 너무도 좋았기 때문이었다. 김기태 감독은 LG 2군 감독을 거치며 LG 그룹의 핵심가치인 '인화'의 능력을 잘 보여줬다. 선수 시절부터 그는 감독이 될 그릇이라는 평가를 받았다. 은퇴 후 일본 요미우리 코치를 거쳐 LG 2군 감독을 지내면서 특유의 리더십을 입증한 것이다. 팀을 하나로 만들기 위해서라면 김기태 이상의 카드는 없을 것이라는 내부 의견이 다수였다.

구단이 감독 선임을 할 때는 어떤 형식이든 복수 후보가 경쟁하기 마련이다. 김기태 감독에게 1군 감독 경력이 없는 건 마이너스 요인이었다. 그러나 그를 겪은 사람들은 하나같이 김기태 감독을 추천했다. 결국 그가 LG의 새 감독 단일후보가 됐다.

돌아보면 LG가 요미우리 코치로 있던 김기태를 영입한 것 자체가 성공적이었다. 2009년 9월 LG는 구단 고위인사가 직접 일본으로 날아가 김기태 당시 코치와 만났다. 삼성도 김기태 코치 영입을 위해 움직인다는 소문이 돌고 있던 때였다. LG는 훌륭한 인재를 영입하기 위해 더욱 발 빠르게 움직였고, 김기태 코치 영입을 속전속결로 마무리했다.

김기태 감독은 겸손했다. 팬들에게 환영받지 못하고 LG 지휘봉을 잡았기 때문에 자세를 한없이 낮게 했다. 감독이 됐을 때 축하를 받지 못한 걸 억울해하지도 않았다. 그저 운명으로 받아들였고, 진심을 다해 맡은 일을 수행했다. 김기태 감독에게 LG 지휘봉은 십자가였다.

김기태 감독은 선임 당시의 마음가짐을 잊지 않으려고 애썼다. 행여 각오가 흐트러질까 봐 잠실구장 LG 더그아웃에는 희한한 감독 의자를 갖다 놨다. 등받이도 없는 작고 동그란 의자. 엉덩이를 대면 안장이 보이지 않을 정도로 작다. 값싼 선술집에서나 볼 만한 볼품없고 초라한 것이다. 등받이에 무궁화까지 새겨진 '회장님용 의자'가 놓여 있지만 김기태 감독은 거기에 앉아 몸을 기대는 법이 없었다. 기자들이 몇 번을 물었다. 김기태 감독의 대답은 늘 똑같았다. "나이 많지 않은 감독이 앉기에는 어울리지 않은 것 같다."

가끔 술 한 잔 기울일 때도 홀로 맥주 캔을 땄던 시절과 별로 달라진 게 없었다. 김기태 감독은 2013년 좋은 성적을 낼 때도 다른 여유를 갖지 않았다. 주변에 워낙 사람이 많은 스타일이었지만 만나자는 사람들의 요청도 애써 사양했다. 초심을 간직하기 위해서 늘 절제했고 조심했다.

김기태 감독은 "성적이 좋지 않을 땐 집으로 바로 갔다. 성적이 조금 좋다 싶어도 몰래 숨어가듯이 집에 갔다. 가급적 밖으로 나가지 않는다. 원정 가서도 대부분 숙소에서만 지냈다. 지인들이 많이 서운해 하신다. 그분들께 "너무 죄송스럽다"라고 말했다. 김기태 감독은 요란하게 움직이지 않았다. 나비가 날갯짓하는 것처럼 조용했고 일상적이었다. 그러나 그는 많은 걸 바꿔가고 있었다.

김기태 감독을 선임한 건 잘못된 선택이 아니었다. 누구보다 김기태 감독이 그걸 입증하고 싶어 했다. LG에서 오랜 시간을 보낸 한 관계자는 "누구라도 LG에 오면 LG의 문화를 자기 스타일로 바꾸려고 했다. 그것이 결과적으로 좋은 결실을 맺지 못했다. 그러나 김기태 감독은 달랐다. LG 문화 안으로 자신이 뛰어들어갔다. 그 안에서 코치, 선수들과 함께 하면서 팀을 만들어갔다"고 말했다.

성적이 나쁜 팀에 새 감독이 부임하면 누구나 개혁을 강조한다. 내부 구성원은 물론 외부 사람들에게도 강한 드라이브를 건다고 선언한다. 부임 초 뭔가 바꾸지 않으면 큰일이라도 날 듯 행동하기 마련이다. 그러나 김기태 감독의 움직임은 무척 조용했다.

외부에서 바라보는 과거의 LG는 칭찬받을 게 별로 없었다. 결과가 나쁘면 과정은 더 나빠 보이기 마련이다. 오랜 시간 성적이 나빴던 LG에 대한 외부 평가가 좋을 리 없었다. 근성도, 패기도 없이 겉멋만 들었다는 말이 따라붙었다.

김기태 감독은 LG를 따라다니는 나쁜 수식어에 대해 한 차례도 언급

하지 않았다. 채찍을 들고 LG 선수들의 변화를 요구하기보다는 스스로 움직여 LG 안으로 녹아들었다. 그 안에 있던 모두를 자기 편으로 만드는 데 성공했다.

일종의 햇볕정책이었다. 이전까지 허리케인급 강풍도 LG 선수들의 마음을 열지 못했다. 그러나 김기태 감독은 5월의 햇볕 같은 따뜻한 온기로 꽁꽁 언 마음을 활짝 열었다. 김기태 감독은 사령탑으로 중심을 잃지 않되 선수들을 존중하기 위해 애썼다. 그는 남자들 사이에서 흔히 쓰는 '육두문자'를 입에 담지 않는 것으로 유명하다. 이따금 선수를 따로 불러 농담을 꺼내기도 하지만 혹여 상처를 주는 표현은 절대 삼간다.

경기가 끝나고 인터뷰를 할 때 김기태 감독은 "고맙다"는 말을 가장 많이 한다. 그 다음으로 "수고했다. 대단하다"고 자주 말한다. 그 앞에는 항상 '우리 선수들'이란 말이 붙는다.

처음엔 다들 그러려니 했다. 의식적으로 우리를 강조하기 위한 것으로 생각했다. 그러나 김기태 감독은 지속적으로 진심을 담아 '우리 선수들'을 칭찬하고 고마워했다. 한결 같은 김기태 감독은 2년 사이 LG를 엄청나게 바꿨다.

강한 리더의 소프트 파워

2012년 4월 13일 밤. 잠실구장에서 진행된 LG−KIA전은 연장 11회까지 이어졌다. 경기가 끝난 뒤 화장실에 들른 김기태 감독은 옆 자리에서 볼일을 보고 있는 정성훈과 눈이 마주쳤다. 잠시 어색한 시간이 흘렀다. 김기태 감독은 한마디 쓱 던졌다.

"성훈아, 피곤하지?"

감독의 이런 질문에 선수의 대답은 사실 정해져 있다. "아닙니다. 괜찮습니다"라고 답하는 게 상식이다. 그런데 정성훈은 너무나 솔직했다.

"네, 피곤합니다."

또다시 정적이 흘렀다. 김기태 감독은 세면대에서 손을 씻은 뒤 정성훈의 어깨를 토닥였다. 김기태 감독은 정성훈의 대답을 마음에 담아뒀다. 다음날 선발 라인업에서 4번타자 정성훈을 제외한 것이다. 보통 이런 경우는 문책성 조치라고 해석할 수 있다. 부상이 있는 것도 아닌데 감독 앞에서 피곤하다고 말하는 건 엉뚱함이 아니라 괘씸한 태도였다.

김기태 감독의 마음은 그게 아니었다. 그는 자신이 30대 중반 나이에 선수로 뛰었던 시절을 자주 떠올리며 선수들을 대했다. 김기태 감독은 "나도 선수 시절 하루쯤 쉬고 싶을 때가 있었다. 그 마음을 너무 잘 알았기에 정성훈에게 휴식을 준 것"이라고 말했다. 정성훈의 솔직한 대답에 대한 이해와 보상이기도 했다.

깜짝 놀란 정성훈은 "그저 느낀 대로 생각 없이 한마디를 던졌을 뿐이었다. 그런데 다음 날 나를 빼주시는 걸 보고 앞으로는 그런 말 함부로 하면 안 되겠다 싶었다. 너무 고맙고 또 죄송했다"고 말했다.

한 달쯤 지나 정성훈은 지독한 감기몸살에 걸려 며칠 동안 끙끙 앓았다. 일주일간 링거를 세 차례나 맞은 적도 있다. 진짜 아플 땐 아프다는 소리를 감히 꺼내지 못했다. 정성훈은 이를 악물고 경기에 나갔다. 한 달 전 화장실에서 나눈 대화를 잊을 수가 없어서였다. 오히려 김기태 감독이 정성훈의 나쁜 컨디션을 눈치 채고 알아서 휴식을 줬다.

LG 감독으로 부임하기 전 김기태는 카리스마의 대명사로 통했다. 베테랑 선수일 때 강한 리더십을 보였으니 감독이 되면 얼마나 더 엄하게 선수들을 다그칠까 궁금했다. 그런데 틀렸다. 고참 선배일 때 김기태는 감독보다 무서웠지만, 감독일 때 김기태는 고참 선배보다 부드러웠다. 감독이 가진 강한 힘과 권위가 있기 때문에 선수들을 부드럽게 대하는 게 훨씬 효과적이라는 걸 알기 때문이다. 2013년 LG의 성공 원인을 김기태 감독의 '형님 리더십'에서 찾는 시각이 많았다. 그러나 김기태의

역량은 흔히 말하는 '형님 리더십'으로 쉽게 설명할 수 있는 게 아니다. 강한 리더가 소프트 파워를 활용하는 게 김기태 리더십이다.

　LG의 한 베테랑 선수는 "우리 감독님과 맞담배도 피울 수 있다고 생각한다. 그만큼 편안하게 선수들을 대해주는 감독님이다. 그러나 그 누구도 감독님 말을 거역할 수 없게 하는 힘이 있다. 진짜 카리스마는 바로 그런 게 아닌가 싶다"고 말했다. 선수들은 김기태 감독의 말을 너무도 편하게 듣는다. 그러면서도 절대 어길 수 없는 힘을 느끼고 있다. 선수들을 마음으로 위하고, 원칙과 명분을 확실하게 지키는 감독이라는 신뢰를 얻은 덕분이다.

김기태 감독은 유쾌하다. 선수를 불러놓고 농담도 잘한다. 아주 섬세하기도 하다. 경기 전 기자들과 팀 상황에 대해 얘기할 때도 쉽게 말하는 법이 없다. 단어 하나, 문장 하나를 사용하는 데 무척 조심하는 편이다. 무심코 던진 말이 기사화 돼 행여 선수에게 상처가 될까 봐 노심초사하는 것이다. 기자들이 좋아하는 자극적인 얘기가 나오지 않는다는 건 감독이 아니라 선수들 입장에서 말한다는 뜻이다.

감독 중에서는 선수와 소통하지 않고 미디어를 이용하는 걸 선호하는 이들이 많다. 그게 칭찬이면 별 문제가 되지 않는다. 김기태 감독도 가끔 기자들을 통해 선수를 칭찬하기도 한다. 문제는 그게 비난이나 조롱의 느낌을 줄 때다. 감독이 선수를 가볍게 탓했다 하더라도 기사로 전해지면 훨씬 강한 느낌을 준다. 감독이 자기변명을 하기 위해 선수 탓을 하는 것처럼 보일 때도 있다. 김기태 감독은 이를 극도로 경계한다. 말 한마디 할 때도 그는 돌다리를 몇 번씩 두드린다. 리더의 한마디가 얼마나 큰 힘을 발휘하는지 김기태 감독은 잘 알고 있다.

2013년 정규시즌이 반환점을 돈 7월말. LG는 외국인투수 주키치를 놓고 깊은 고심에 빠졌다. 개막 후 부진을 거듭하고 있던 주키치는 6월 30일 SK전에서 6이닝 1실점으로 승리투수가 됐다. 제 실력을 찾나 싶었지만 이후로 다시 흔들렸다. 2년 연속 10승 이상을 따냈던 주키치는 더 이상 에이스가 아니었다.

LG는 11년 만에 포스트시즌 티켓을 따내려 하고 있었다. 조금만 더 힘을 내면 4강 안정권에 들 수 있었다. 혹시 2013년에도 실패한다면 그 후유증은 또 몇 년 동안 이어질 것이 확실했다. 주키치 교체는 당연한 수순으로 보였다. 그러던 중 포스트시즌 진출이 물 건너 간 A구단으로부터 트레이드 제안이 왔다. 주키치를 퇴출하고 그 자리에 A구단의 쓸 만한 외국인 투수를 받는 조건이었다. A구단이 원하는 카드는 LG의 유망주급 선수였다. 김기태 감독은 A구단의 제안을 전해 듣고는 곧바로 트레이드 불가 결론을 내렸다.

LG에 뛰어난 외국인투수가 왔다면 후반기 몇 승을 더할 수는 있었을 것이다. 그렇다면 순위가 바뀔 수도 있다. 김기태 감독은 당장의 몇 승보다 팀 분위기를 먼저 생각했다. 함께 힘을 모아온 선수 중 하나가 다른 팀으로 트레이드된다면 선수단 사기가 떨어질 것으로 우려한 것이다. 눈앞의 몇 승을 얻겠다고 어렵게 만든 LG의 협력 분위기를 망치는 게 싫었다.

이렇게 김기태 감독은 판단을 내릴 때 선수들이 어떤 생각을 할지를 항상 신경을 썼다. 싸울 때는 무기보다 의지가 더 중요하다는 걸 잘 알고 있기 때문이다.

김기태 감독은 선수들과 얼굴을 마주 보고 말하고 웃는다. 김기태 감독 리더십의 요체는 스킨십이다. 진짜 스킨십도 자주 볼 수 있다. 2013년 4월 28일 잠실구장. 1루 더그아웃 뒤 화장실 앞에서 김기태 감독이 오른손 사이드암 투수 우규민을 강하게 끌어안는 장면이 몇몇 선수들에게 목격됐다. 꼭 끌어안고 있었던 감독과 선수, 아니 두 남자는 잠시 머쓱

해 했지만 이내 호탕하게 웃으면서 떨어졌다. 그때 우규민은 "어린 시
절 아버지 품에 안긴 것 같은 따뜻함을 느꼈다"고 했다.

　우규민은 불펜으로 통하는 장소에서 같은 사이드암 투수 신정락이
피칭하는 것을 유심히 보고 있었다. 동시에 자신도 피칭동작을 반복하
며 공부를 했다. 지나가던 김기태 감독이 바짝 다가왔지만 우규민은 전
혀 느끼지 못한 채 혼자만의 훈련에 푹 빠져 있었다. 김기태 감독은 "열
심히 노력하는 규민이가 너무 예뻐서 안아버렸다"고 했다. 거창한 말이
필요 없는 사나이간의 끈끈한 스킨십이었다.

　　2013년 우규민은 역시 힘들게 시즌을 시작했다. 1월 시무식과 함께 열린 체력테스트에서 그는 4km 달리기 기준 기록에 미치지 못했다. 김기태 감독이 정한 룰에 따라 우규민은 스프링캠프에 합류하지 못한 채 국내에 남아 훈련을 했다. 우규민이 게을러서는 아니었다. 다만 장거리 달리기에 선천적으로 약하기 때문에 기록이 좋지 못했던 것이다. 김기태 감독도 이를 모르지 않았지만 예외를 두지 않았다. 우규민을 진주의 2군 캠프로 보내 매일 죽어라 장거리 달리기를 하도록 했다. 김기태 감독은 그를 2군 캠프에 보내면서 규율의 준엄함을 세운 것이다. 그 뜻을 아는 우규민은 묵묵히 숙제를 해냈다.

　김기태 감독과 우규민은 두 달 후 웃으며 다시 만났다. 우규민은 여전히 열심이었다. 김기태 감독은 1월에 전해주지 못했던 온기를 뜨거운 포옹으로 대신했다. 우규민은 처음으로 10승 투수가 되면서 김기태 감독의 포옹에 답했다.

나와 너 사라지고
'우리' 로 태어나다

2011년 10월 말. 김기태 감독 체제가 출범한지 한 달이 채 지나지 않았을 때였다. 김기태 감독은 조계현 수석코치와 회의를 한 끝에 한 시즌 동안 출전 횟수가 많았던 선수 11명을 선발했다. 조계현 코치는 그들을 데리고 경북 울진에 있는 백암온천을 다녀왔다. 으레 '온천 훈련' 이란 이름이 따라붙지만 내용을 들여다보면 시즌 중 쌓인 피로를 풀고 오라는 배려가 담긴 것이다.

사실 온천 훈련 명단을 베테랑 선수 위주로 꾸린 것은 그들이 특별히 지쳐 있기 때문만은 아니었다. 조계현 코치와 고참 선수들이 허물없이 대화할 기회를 갖길 김기태 감독은 바란 것이다. 남자들은 옷을 벗어던지고 따뜻한 탕 속에서 마주하고 있으면 서로 친근함을 느낀다. 몸이 녹듯 사람과 사람 사이의 벽도 녹아내리는 느낌을 받는다. 그래서인지 온천욕을 하는 첫날부터 분위기가 꽤 부드러웠다.

조계현 코치는 저녁 식사를 하며 진지한 대화를 시작했다. 선수들도 진지하게 귀를 기울였다. "여러분은 그동안 여러 감독을 모셨을 겁니다. 그중에는 강한 스타일의 감독도 계셨을 테고, 부드러운 분도 계셨을 겁니다. 훈련량이 많은 감독과도 야구를 해봤을 겁니다. 그런데도 성적이 나지 않았습니다. 그러면 누구 책임입니까?"

선수들은 답을 하지 못했다. 답을 알지만 차마 입 밖으로 나오지 않았다. 침묵의 시간이 흘렀다. 조계현 코치는 말을 이어갔다. "이미 많은 분들이 떠났습니다. 그렇다면 팀에 계속 있었던 여러분들의 책임이 있었을 겁니다."

선수들 표정이 굳어졌다. 속으로 인정하더라도 코치 입에서 듣고 싶은 말은 아니었다. 잠시 분위기가 무거워지는 듯했다. 보통의 시나리오대로 라면 더 열심히 훈련하자, 정신력을 강화하자는 등의 훈계가 이어질 차례다. 그러나 조계현 코치가 하고 싶은 말은 그게 아니었다. 조계현 코치는 선수들 눈을 하나씩 하나씩 맞추고 강단 있는 목소리를 냈다. "여러분들, 우리 하나만 약속합시다. '세작'을 없앱시다."

세작이라면 이른바 간첩 또는 스파이를 말한다. 선수들은 반사적으로 서로를 쳐다봤다. 선뜻 이해가 되지 않아 자신만 그런 것인지 서로의 반응도 살폈다. LG 선수단 안에 간첩 따위가 있을 리 없었다. 누구에게 어떤 정보를 판단 말인가. 조계현 코치가 말하는 세작은 진짜 세작이 아니었다. 팀 내부 문제를 밖에다 말하는 행위에 대해 말하고 싶었던 것이다. 다른 구단 사람에게나 취재진에게 별 뜻 없이 한 말이 와전된다면,

결과적으로 스파이 역할을 할 수도 있다는 걸 명심하자는 뜻이었다.

　야구를 잘하든 못하든 LG는 늘 주목받는 팀이다. 그러나 너무도 긴 시간 동안 좋은 성적을 내지 못하다 보니 좋지 않은 얘기가 밖으로 흘러나가는 경우가 많았다. 어떨 때는 LG 선수들도 모르는 얘기가 소문을 타고 돌아다녔다. 다른 팀 관계자들의 술안줏거리가 되기도 했다. 그게 진실이 아닐지라도 그랬다.

　"우리 얘기를 우리 스스로 나쁘게 하지 맙시다. 우리 팀에서 일어났던 일을, 우리 팀이 자체적으로 해결할 수 있는 일을 밖으로 전하지 맙시다. 이걸 지켜주면 밖에서부터 우리를 보는 시선이 달라질 겁니다. 그것만 해내도 우리는 4강에 갈 수 있습니다."

　조계현 코치는 부메랑 효과의 위험성을 설명하고 있었다. 팀 내부의 말들이 밖으로 나갈 때는 한낱 바늘 같을지 몰라도 외부의 귀와 입을 거치면 미사일이나 대포처럼 무섭게 변할 수 있기 때문이다. 그건 엄청난 전력손실이다. 내부 문제에 신경 쓰다 보면 상대와의 싸움에 힘을 쏟지 못하게 된다. 그게 고비마다 LG의 발목을 잡아왔다고 말하고 있었다.

　LG의 첫 번째 목표는 눈 앞의 승리가 아니었다. 다른 팀과 맞붙을 때 100%의 전력으로 싸우는 게 우선이었다. LG의 문제를, 그것도 과장된 얘기를 외부로부터 전해 듣고 감정 낭비 같은 건 하지 말라는 뜻이었다. 쓸데없이 힘 빼지 말고 팀과 동료들을 믿자는 거였다. 방법은 소통밖에 없었다. 코치들끼리 만나고, 선수들끼리 대화하는 것을 장려했다. 어떤 소그룹모임도 환영했다. 우리 얘기는 우리끼리 하자는 분위기가 만들어

졌다.

　김기태 감독은 부임 첫해인 2012년 스프링캠프부터 소통을 가장 중
요하게 여겼다. 회식 문화부터 바꿨다. 스프링캠프는 최대 두 달 정도
이어진다. 기간이 워낙 긴 데다 숙소에 가면 기다리는 가족도 없기 때문
에 회식이 많을 수밖에 없다. 선수단 전체가 모여 식사하는 자리가 있는
가 하면, 구단주가 캠프를 방문해 격려하는 자리도 있다. 이런 자리는
아무리 자연스럽게 진행하려 해도 한계가 있다. 말하는 사람과 듣는 사
람이 따로 있기 마련이다.

　김기태 감독은 진짜 속내를 꺼내놓을 수 있는 자리를 많이 만들었다. 담당코치와 선수들이 가급적 자주 만나 이야기를 하도록 했다. 투수들은 투수코치와 만났고, 내야수 소그룹도 있었다. 외야수들도 따로 어울렸다. 대화할 기회가 늘어나다 보니 예전 같으면 밖으로 새어나갈 얘기들이 안에서 소화되기 시작했다. 선수단 내 불만이 있더라도 그저 투정으로 끝나지 않고, 내부 논의 과정을 거쳐 뭔가가 바뀌기도 했다.

　김기태 감독의 출발에는 수많은 물음표가 달려 있었다. 그의 주위엔 김기태의 사람이라 부를 만한 코치가 많은 것도 아니었다. 뿐만 아니라 감독보다 나이 많은 선배 코치들도 다수 포함돼 있었다.

혹시나 했던 의구심은 기우로 끝났다. 코칭스태프 내부의 부조화는 보이지 않았다. 코치와 선수간의 대화를 늘린 것처럼 코치간의 대화도 어느 때보다 많았던 덕분이다. 특히 조계현 수석코치가 총대를 멨다. 조계현 코치는 감독실과 구단 사무실, 선수단 라커룸을 수시로 오가며 얘기를 듣고, 말을 전했다.

그런 까닭에 LG의 잡음은 거짓말처럼 사라졌다. 김기태 감독이 LG 지휘봉을 잡은 뒤로 LG를 술안줏거리로 삼은 이들은 거의 없어졌다. 더 이상 할 얘기가 없어졌기 때문이다. 조계현 코치가 2년 전 선수들에게 말했던 '세작'이란 단어는 아예 사라져버렸다. LG 선수단이나 프런트의 입을 자물통처럼 채워서가 아니었다. 내부의 소통 창구가 열리면서 속마음을 굳이 밖으로까지 꺼내놓을 필요가 없어졌기 때문이었다. 누구보다 서로를 이해해줄 LG 사람들끼리 하고 싶은 말들을 꺼내놓고 말끔하게 소각해버린 덕분이었다.

LG는 2012년 초반 상승세를 지속하지 못하고 시즌을 7위로 마감했다. 그럼에도 구성원간의 마찰음이 없었다. 감독 부임 첫해 성적이 좋지 않으면 남 탓을 하느라 바쁘기 마련인데 2012년 LG는 전혀 소란스럽지 않았다. 이미 LG는 그때부터 달라지고 있었다. 불필요한 에너지 소모를 막은 덕분에 LG는 2013년 진짜 힘을 냈다.

LG에는 나와 너가 사라졌다. 우리라는 의식이 깊이 깃들어가고 있다. 한 베테랑 선수는 2년간 봐온 김기태 감독의 화법에 주목했다. 그는

"감독님이 말씀 하실 때 '너네' 또는 '너희들'이라고 표현하는 걸 한 번도 듣지 못했다. 늘 '우리'로 시작해 '우리'로 끝난다. 그렇게 '우리'는 '우리'가 된 것 같다"고 말했다.

김기태 감독은 선수들을 모아놓고 한 번도 LG의 팀워크를 탓한 적이 없었다. 그걸 인정하지 않고 새로운 팀 분위기를 만들고 싶어 했다. LG 더그아웃에서 유행한 '검지 세리머니'도 같은 취지에서 나온 것이다. 김기태 감독은 누군가 홈런을 치고 들어오거나 결정적인 득점을 하고 돌아오면 하이파이브 대신 오른손 검지를 맞댔다. 외계인 ET가 지구 아이들과 손가락을 맞대 교감하는 것 같다고 해서 'ET 세리머니'라고도 불렀다. 'ET 세리머니'는 ET처럼 신기한 에너지를 발산했다. 김기태 감독은 "의미를 부여하자면 하나가 되자는 의미를 담았다"고 말했다. LG는 그렇게 하나가 되어 갔다.

LG 패션엔 반바지가 없다

2013년 8월 9일 잠실구장 LG 감독실. 손님맞이용 테이블에는 스포츠신문 몇 부가 놓여 있었다. 김기태 감독은 한 선수 사진에 시선을 맞췄다. 전날 목동경기에서 넥센을 상대로 승리투수가 된 SK 왼손 에이스 김광현이었다. 그는 인터뷰를 하며 모처럼 활짝 웃고 있었다. 그런데 모자를 벗고 나온 김광현의 모습이 전과는 달랐다. 헤어스타일이 확 바뀌었기 때문이었다. 당시 김광현은 머리카락에 살짝 웨이브를 넣었다. 멋지게 흩날리는 퍼머. 요즘 젊은이들이 좋아하는 스타일로 또래들과 비교하면 파격적인 정도는 아니었다. 그래도 단정했던 김광현의 이전 헤어스타일과는 차이가 있었다.

김기태 감독은 다른 팀 선수에 대해 별 말을 하지 않았다. 대신 화제를 슬쩍 바꾸며 하고 싶은 얘기를 꺼냈다. "우리 선수들은 반바지 입게 해달라는 소리 안 하잖아요."

야구선수도 축구선수처럼 반바지를 가끔 입는다. 물론 경기에서는 룰에 따라 긴 유니폼을 착용하고 뛰지만 한 여름에는 융통성을 발휘한다. 경기 전 훈련을 할 때 반바지를 입는 게 보편화됐다. 섭씨 35도를 오르내리는 여름, 낮 2~3시에 훈련을 하자면 경기를 시작하기도 전에 녹초가 되기 때문이다. 삼성 선수들은 대구 홈경기에 앞서 파란 반바지를, SK 선수들은 인천 홈경기에서 빨간 반바지를 입는다. 보수적인 노 감독들도 반바지 훈련을 허용하는 추세다.

LG 선수들은 줄무늬 반바지를 입을까. 그렇지 않다. LG 선수들은 아무리 더워도 그라운드에서 반바지를 입지 않았다. 김기태 감독은 "아무리 더워도 원정경기에 온 선수들은 훈련 때 반바지를 입지 못하지 않는가. 원정경기에서 훈련하면 오후 5~6시가 되기 때문에 그땐 관중이 보고 있어서다. 관중 앞에서는 아무리 더워도 정식 유니폼을 갖춰 입고 훈련한다. 팬들에게 보여주기 싫은 모습이라면 우리끼리 있을 때도 그래서는 안 된다. 그렇다면 홈에서도 반바지를 입지 않아도 된다"고 말했다.

팬들은 홈팀 훈련이 끝나고 원정팀이 몸을 풀 때 경기장에 입장한다. 홈팀 선수들은 기껏해야 경기장에 일찍 나온 취재진과 관계자들이 지켜보는 가운데 훈련하기 때문에 외부 시선으로부터 자유롭다. 따라서 어느 샌가 홈팀 선수들의 반바지 착용은 효율적인 것으로 여겨졌다.

그러나 김기태 감독은 옷차림에 대해 꽤 까다로운 기준을 가졌다. 옷 입는 것을 마음가짐의 표현으로 본 것이다. 절도 있고 품위 있는 팀 컬러를 만들고 싶어 했다. LG는 긴바지를 입고도 더위를 잘 이겨냈다. 더위가 밀려들기 시작한 6월 한 달을 16승5패로 잘 보내더니 야구장이 찜통처럼 뜨거워진 7월에는 10승6패, 8월에는 13승9패로 선전하며 지치지 않고 달렸다.

공교롭게도 그 즈음에는 축구대표팀 선수들의 패션이 화제가 됐다. 홍명보 축구대표팀 감독은 선수들이 훈련장에 소집될 때 '드레스 코드'를 정장 상·하의에 넥타이를 매는 것으로 통일했다. 이전까지 선수들은 자유로운 캐주얼 차림으로 나타났다. 그런데 축구대표팀의 부진이 내부 갈등과 맞물려 집중 부각되자 홍명보 감독은 옷차림부터 단속한 것이다. 국가대표팀 선수로의 품격을 지키자는 의미로 선수들 옷부터 말끔한 차림으로 규격화했다. 김기태 감독이 LG 선수들의 옷차림에 신경을 쓴 것도 같은 이유였다.

LG는 4강 진입에 실패한 지난 10년 사이 온갖 일을 다 겪었다. 어느 순간 LG는 팬들에게도 이해받기 어려운 지경에 이르렀다. 비난을 받아도 변명거리조차 찾기 어려울 때가 있었다. 김기태 감독은 LG 선수들이 프로선수로서 기본부터 지켜주기를 바랐다. 옷차림을 통해 마음가짐을 다잡으려는 의도였다.

김기태 감독은 LG 지휘봉을 잡은 뒤로 옷차림과 머리 모양에 대한 소신을 선수들에게 꾸준히 전했다. 2012년 어느 날 정성훈이 한쪽 머리만 바짝 밀어올리고 경기장에 나타났다. 이른바 모히칸 스타일로 톡톡 튀는 모습을 연출했다. 선수가 헤어스타일을 바꾸는 데에는 몇 가지 이

유가 있다. 극심한 부진 탓에 분위기 쇄신을 위해 삭발을 하는 경우가 있고, 단정하게 머리를 다듬어 심기일전하려는 의도일 때도 있다. 또 하나, 그저 멋을 내기 위해서일 때도 있다. 프로선수가 폼 나게 보이기 위해 노력하는 건 막아서기 어렵다. 게다가 정성훈은 팀에서 이미 중고참이 됐다.

김기태 감독은 정성훈이 헤어스타일을 왜 바꿨는지 이해할 수 없었다. 정성훈은 그때 부진하지도 않았다. 김기태 감독이 정성훈을 보고 짧은 한마디를 건넸다.

"그런데 성훈아, 오늘 헤어스타일이 그렇게 멋있어 보이지는 않는다."

정성훈은 이튿날 머리모양을 원래대로 돌려놓고 경기장에 나왔다. 김기태 감독의 뜻에 거스르지 않은 것이다. 김기태 감독은 기특한 듯 웃었다. 감독이 어떤 것을 허용하고, 어떤 것을 금지하는지 서로 알아가는 과정이었다.

김기태 감독은 2009년 LG 2군 감독으로 부임하기 전 2년 동안 요미우리에서 코치 생활을 했다. 일본 프로야구 최고의 전통을 가진 요미우리는 항상 단정한 차림을 강조한다. 긴 머리나 염색, 퍼머 등을 허용하지 않는다. 수염을 기르는 것도 금기시한다. 밖에서는 항상 정장차림으로 움직인다. 2000년대 들어 일본 최정상 왼손타자로 활약한 오가사와라 미치히로는 2007년 니혼햄에서 요미우리로 이적한 뒤 트레이드마크였던 수염을 시원하게 밀었다. 이미지가 확 달라졌지만 특유의 타격은 수염을 밀고도 날카로웠다.

미국 메이저리그의 뉴욕 양키스도 선수 개성에 대해 관대하지 않다. 개인보다 팀을 먼저 생각한다. 그래서 유니폼에 등번호만 쓸 뿐 선수의 이름을 새기지 않는다. 긴 머리에 덥수룩한 수염을 휘날려 '동굴맨'으로 불렸던 자니 데이먼도 2005년 보스턴에서 라이벌팀 양키스로 이적하면서 완전히 다른 사람이 됐다. 얼굴에 붙은 수염을 깔끔하게 밀고 머리도 다듬었다. '동굴맨'은 '시티맨'이 됐다.

양키스에 입단하며 모범생 스타일로 탈바꿈한 선수는 여럿이다. 한국 최초의 메이저리거 박찬호도 2010년 양키스 캠프에 합류하기 전 덥수룩한 수염을 말끔하게 밀었다. 양키스와 요미우리는 구식 문화를 끌어안고 있는 것 같기도 하다. 그러나 그들은 구식 문화를 소중한 전통으로 여긴다. 긴 세월 동안 쌓아온 가치를 지켜낸다는 자부심을 갖고 있다. 다른 팀들이 그들을 이길 수는 있어도 그들의 문화를 절대 따라올 수 없다는 생각을 갖고 있다. 명문 팀에겐 전통이 최고의 자산이다.

김기태 감독이 LG 선수들의 마음을 훔친 비결은 간단명료했다. 감독이 아닌 선배처럼 후배들을 대했기 때문이다. 그러나 헤어스타일은 선수들 개성에 맡기지는 않았다. 그는 선수 시절부터 짧고 단정한 머리모양으로 경기장에 나섰다. 야구에 대해 진지한 모습을 은퇴할 때까지 한 번도 잃지 않았다. 김기태 감독은 후배들도 프로야구 선수다운, 명문 팀 LG 선수다운 품격을 갖추기를 원했다. 김기태 감독이 이끄는 LG에선 정성훈이 파격 헤어스타일이 마지막 시도로 남을 가능성이 크다.

선수들도 김기태 감독을 이해했다. 2013년 주장 이병규는 선수들을 대표해 감독과 코치, 구단을 향해 기탄없이 목소리를 냈다. 그러나 헤어스타일이나 바지 길이를 놓고는 아무 말도 하지 않고 김기태 감독의 뜻을 따랐다.

특히 김기태 감독은 2013년 성적이 좋을 때일수록 선수들에게 명예와 전통을 강조했다. 성적이 좋다고 야구 외적인 부분에 관대하지 않았다. 오히려 팀 분위기가 좋을 때 LG다운 문화를 만드는 게 김기태 감독이 원하는 리빌딩이었다. 반바지 없는 패션, 단정한 머리모양은 김기태 감독이 선수들에게 던진 작지만 큰 메시지였다.

세 남자가 만나는 시간,
오후 2시

    평일 낮 오후 2시. 야간경기 시작을 4시간 이상 앞둔 때다. 홈경기가 있는 날마다 이 시간엔 LG 감독실 문을 두드리는 노크 소리가 들린다. 그리고는 감독실과 코치실로 통하는 문이 살짝 열린다. "지금 할까요?" 두 남자는 늘 그랬듯이 약속된 시간에 감독실 문을 두드렸다. 김기태 감독과 마주한 두 남자는 김무관 타격코치와 유지현 수비코치. 매일 세 남자가 모여 선발 라인업을 적성하는 것이다. 감독과 타격코치, 수비코치가 한 자리에서 라인업을 함께 작성하는 것은 매우 이례적이다.

    물론 최종 결정권자는 김기태 감독이다. 먼저 김기태 감독이 미리 준비한 오더를 내놓는다. 그리고 타격코치가 적어온 오더와 비교한다. 이어서 수비코치의 의견을 듣는다.

    LG 타순은 변화가 잦은 편이다. 거의 매일 조금씩이라도 바뀐다. 상대 선발투수, 상대 팀별 타격성적, 당일 컨디션에 따라 유연하게 변화를

214

준다. LG에 확실한 4번타자가 없는 이유이기도 했고, 선수들을 폭넓게 기용하려는 감독의 의지가 담겨 있는 까닭이다. 김기태 감독은 3인 회의를 통해 그날 경기에 맞는 최상의 라인업을 꾸리는 것을 목표로 했다.

야구는 매일 다르다. 경기마다 전략을 달리 세워야 한다. 공격력에 무게를 둬야 할 때가 있는가 하면, 수비 쪽으로 중심 이동을 해야 할 때도 있다. 김기태 감독은 타자들의 컨디션을 가장 잘 읽고 있는 타격코치, 야수들의 몸 상태 변화와 수비 감각을 가장 잘 파악하고 있는 수비코치의 의견을 듣고 라인업을 조정했다.

가령 양팀 에이스가 나와 팽팽한 투수전이 예상된다면 수비력에 무게를 둔 라인업을 짜는 경우가 많았다. 리즈는 2013년 LG 선발투수 가운데 평균 실점이 가장 적었다. 확률적으로 투수전이 될 가능성이 높다. 이럴 때는 수비가 좋은 선수를 먼저 내보내 안정적인 경기를 펼치는 게 승산을 높이는 방법이었다.

수비코치가 라인업 작성에 참여하는 것도 파격적이지만 가끔 최태원 주루코치까지 합세한다. 기동력이 관건이 되는 경기라면 타자들의 주루 컨디션도 살펴야 하기 때문이다. 상대 포수의 송구능력이 약하거나, 세트포지션에서 투수의 투구동작이 느리면 발 빠른 선수를 적극 활용할 계산으로 오더를 짠다. 라인업을 작성할 때 LG 감독실 문은 사실상 모든 코치에게 열려 있다.

다른 팀과 비교하면 김기태 감독이 얼마나 민주적이며 세밀한 방법을 쓰는지 알 수 있다. 보통은 감독이 오더를 짠다. 경기의 결과를 책임져야 하는 입장에서 당연한 일이다. 특정 선수의 부상을 미리 체크하지 못한 경우가 아니라면 감독이 만든 오더대로 경기를 치르는 게 일반적이다. 경우에 따라 타격코치의 의견을 듣고 감독이 수긍하면 약간씩 조정하는 팀도 있다.

김기태 감독은 선수들과 가장 가까이 있는 코치들을 적극 활용한다. 코치들을 후배나 참모가 아닌 각 분야의 최고 전문가이자 정보통으로 여긴다. 그래서 귀부터 열어놓는다. 수비코치가 라인업 작성에 참여하는 것에 대해서 김기태 감독은 "예를 들면 어느 선수를 막상 쓰려 했는데 어딘가 아픈 선수가 있을 수 있다. 큰 부상이 아니라고 참고 뛰었다가 오히려 큰일이 난다. 그럴 땐 내 생각을 바꿔야 한다. 야수의 몸상태는 수비코치가 가장 정확하게 파악하고 있다"고 설명했다. 유지현 코치는 "감독님이 분야별 코치들의 얘기를 잘 들어주신다. 최종 결정은 당연히 감독님 몫이지만 라인업을 만드는 과정을 상당히 중요하게 생각하신다"라고 전했다.

LG의 선발 라인업이 나오면 코치들은 그날 경기를 어떤 방향으로 풀어야 할지 공유할 수 있다. 경기를 시작되면 정신없이 상황이 전개되는데 미리 그날 경기의 계획을 알고 있으면 각 파트별로 순발력 있게 대응할 수 있다.

김기태 감독이 소통 창구를 열어놓고 라인업을 작성하는 또 하나의 이유가 있다. 그는 일반적인 타순 개념에 얽매이지 않는 편이다. 타순은 보통 1,2번으로 이어지는 테이블세터와 3번부터 5번 때로는 6번까지 구성되는 중심타선, 이후 따라붙는 하위타선으로 구분된다. 그러나 김기태 감독은 통념과는 다른 각도로 타순을 연구한다. 파격적인 라인업을 구성하느라, 행여 너무 엉뚱한 라인업을 만들까봐 코치들의 의견을 듣는 것이다. 김기태 감독은 "1회에만 1번타자가 공격을 시작할 뿐 타순은 매 이닝 바뀐다. 가령 1회 공격이 4번타자에서 끝나면 2회에는 5번타자가 선두타자가 되는 것이다. 2회에는 7번타자가 3번타자 또는 4번타자가 될 수 있다"고 말한다. LG 타선이 어디서 시작되고 끝나더라도 상대에게 위협을 주기 위해서는 다양한 조합을 만드는 게 필요하다는 뜻이다.

김기태 감독은 중심타선에 서야 어울릴 이진영을 7번타자로 기용하기도 했다. 그는 "이진영이 7번으로 내려가면 우리는 중심타선 2개를 갖고 경기를 할 수 있다"고 했다. 김기태 감독이 아이디어를 냈고, 코치들과의 동의 과정을 거쳐 만들어진 타순이었다.

김기태 감독이 정말 흡족해했던 것은 라인업에 담겨 있는 타순별 역할을 선수들이 잘 이해하고 따라줬을 때였다. 야구는 자리에 따른 역할이 명확히 구분되는 경기다. 아무리 야구를 잘하는 선수도 남의 타순에서 때릴 순 없다. 그래서 선수들에게 타순은 아주 상징적인 의미를 갖는다. 4번을 치다 6번으로 내려가는 선수는 실망하고 예민해지기 마련이다.

이진영이 7번으로 내려가는 건 자존심 상할 수 있는 일이다. 그러나 이진영은 전혀 개의치 않았다. 7번타순에서 2회의 3번타자 같은 역할을 해냈다. 이진영은 시즌 중반 이후엔 1회의 3번타자로 주로 출전했다. 대신 다른 타자가 번갈아가며 하위타선의 중심을 잡았다. 김기태 감독은 "이진영이 어떤 타순에서도 감독의 의중을 정확히 알아줬다. 그게 가장 고마웠다"고 말했다.

LG 라인업은 쉴새없이 움직였다. 그 결과는 대부분 파격적이었다. 김기태 감독이 자신의 뜻을 밀어붙여 관철한 라인업도 있고, 코치들의 의견을 귀담아 들어서 만든 타순도 있었다. 김기태 감독은 3월 30일 SK와의 시즌 개막전에서 이전까지 1군 경력이 5타수 무안타에 불과했던 문선재를 선발 1루수로 내세웠다. 타순은 7번이었다. 프로 4년 동안 통산 10안타만을 기록한 정주현을 좌익수(9번타자)로 선발 기용한 것도 예상을 한참 벗어난 라인업이었다. 누구에게도 기회를 줬고, 누구에게도 긴장감을 불러 일으켰다. LG는 개막전 깜짝 라인업을 시작으로 시즌 내내 변화를 주며 선수층을 두텁게 했다.

LG가 정규시즌 선두 다툼을 위해 싸우던 9월 17일 인천 SK전에서는 김기태 감독의 소통이 더욱 빛났다. 라인업 작성을 놓고 의견을 나누던 중 김무관 코치가 1번에 김용의를 넣고 계속 1번을 쳐왔던 박용택을 2번으로 잠시 옮겨보자는 아이디어를 냈다. 박용택은 가벼운 부상 여파로 베이스러닝을 할 때 약간의 부담을 느끼고 있었다. 반면 김용의는 속도가 붙을 대로 붙어 있었다. 더구나 김용의 타격 페이스가 나쁘지 않았다. 김용의가 출루한 뒤 중심타자와 다름없는 박용택이 나온다면 상대투수가 더 압박감을 느낄 것 같았다.

경기는 의도대로 풀렸다. 김용의는 볼넷과 2루타로 두 차례 출루하며 도루까지 기록했다. 우익수 앞으로 굴러간 2루타는 빠른 발로 만든 것이었다. 박용택은 김용의 뒤에서 3안타를 때렸다. 단타 3개였지만 영양가 만점이었다. 앞선 두 경기에서 1점을 내는 데 그친 LG는 12안타로 5점을 뽑아내며 공격력을 회복했다.

선발 라인업 작성 방법은 다양하다. 이걸 통해 감독의 개성과 철학을 엿볼 수 있다. 김성근 고양 원더스 감독은 프로 통산 1234승을 거두는 여정을 거치며 라인업을 짜다 밤을 새우는 날이 허다했다. 수십 차례 쓰고 지우기를 반복하며 타순의 흐름이 최적이라고 판단되는 라인업을 작성했다. 그렇게 만든 타순도 경기 전 타자들의 훈련 상태를 보고 다시 바꾸는 일도 다반사였다. 김성근 감독은 타순만 바꾸는 게 아니라 선발 출전 선수들을 수시로 바꿨다.

2008년부터 3년간 롯데 사령탑을 지냈던 로이스터 감독은 김성근 감독과는 정반대 유형이었다. 라인업을 일찍 만들어 선수들에게 공개했다. 양팀 라인업 교환 시기는 경기 시작 1시간 전이다. 그러나 로이스터 감독은 선수들이 경기장에 나오기도 전에 라커룸에 당일 라인업을 써서 붙여뒀다. 선수들이 그날 자신의 역할을 미리 알고 준비하라는 사인이었다. 로이스터의 라인업은 거의 바뀌지 않았다.

류중일 삼성 감독은 명 유격수 출신답게 수비를 최우선으로 생각한다. 다이아몬드에 야수 9명을 적어놓고, 그 다음에 타순을 짠다. 류중일 감독은 화끈한 공격야구를 표방하지만, 사실은 수비에 우선순위를 두는 것이다.

　김기태 감독은 공격 수비 주루 등 여러 가지를 감안해 라인업을 만들었다. 무엇보다 각 분야 전문가들의 정보와 지혜를 활용해 서로의 교집합을 찾으려 애썼다. 2013년 LG 라인업은 자주 변했음에도 불구하고 꽤 안정적으로 느껴진 이유였다.

LG가 다시 LG다워지다

1987년 6월 서울 여의도에 LG 트윈타워, 이른바 쌍둥이빌딩이 완공
됐다. 트윈타워는 LG 창업초기부터 이어온 구씨와 허씨의 건강한 동업
을 상징한다. 사돈인 두 집안의 동업은 3대에 걸쳐 LG 특유의 조화, 인
화, 상생의 기업문화를 만들었다. 이는 지금까지 이어지는 LG 그룹의
핵심가치다.

1990년 창단한 LG 트윈스는 LG 그룹의 가치를 잘 이어받았다. 당시
LG 그룹의 이름은 럭키금성그룹이었다. 럭키금성은 야구단 창단을 통
해 LG라는 새 이름을 대중에게 알리기 시작했다. 마침 LG 트윈스는 창
단하자마자 삼성을 꺾고 한국시리즈 우승을 차지하면서 야구 팬들의 큰
사랑을 받았다. 이어 1994년 '신바람 야구'로 두 번째 챔피언에 오르며
LG 트윈스는 LG 그룹의 자랑이 됐다. 1995년 1월 창립 48주년을 맞아
럭키금성은 LG로 기업이미지(CI)를 새롭게 만들어 발표했다. LG 그룹

이 세련되고 멋진 이미지를 갖게 된 데에는 야구단의 역할이 꽤 컸다. LG 그룹이 야구단에 지속적인 애정과 지원을 쏟고 있는 이유이기도 하다.

1990년대 LG 트윈스의 야구는 LG다웠다. 위기를 이겨내는 강인한 저력, 여러 사람의 끈끈한 화합이 LG를 우승으로 이끈 원동력이었다. 초대 사령탑인 백인천 감독은 시즌 초 상당히 고전했다. 최하위권에서 벗어나지 못하다 6월부터 치고 올라가더니 전반기를 4위로 마감했다. 후반기에는 해태, 빙그레와 선두권에서 다퉜다. LG의 전력은 우승을 노

릴 정도가 아니었지만 팀워크가 워낙 탄탄했다. 김재박 이광은 등의 베테랑과 윤덕규 박흥식 김태원이 주축인 중견층이 조화를 이뤘고 신인왕 포수 김동수가 등장했다. 백인천 감독이 강한 리더십을 발휘했고, 코치진과 선수들과 합심해 만든 폭발력은 대단했다. 기적에 가까운 시즌을 마치자 그들은 '미러클 LG'라고 불렸다.

1994년은 신바람의 시대였다. 이광환 감독은 LG 야구의 2기(期)를 잘 구성했다. 시즌 전만해도 LG가 우승을 다툴 것으로 예상하는 전문가들이 거의 없었지만 실전이 시작되자 탄탄한 저력을 자랑했다. 에이스

이상훈을 비롯해 김태원 정삼흠 김용수로 구성된 마운드는 신구조화와 역할분담이 잘 이뤄졌다. 타선에선 해태에서 트레이드해온 한대화, LG 프랜차이즈 스타 노찬엽이 활약했고 유지현 서용빈 김재현 등 뛰어난 신인들이 라인업 1~3번을 구성하며 '신바람 야구'를 주도했다. 그라운드의 선수들도, 그들을 보는 팬들에게도 즐거운 '신바람 야구'가 활짝 피었다. 당시의 트윈스 야구는 LG(럭키금성) 그룹의 한자명 락희(樂喜 · 밝고 즐거움)와도 잘 맞아떨어졌다. 이광환 감독은 선수단을 조화롭게 이끌었다. LG에서 오랫동안 뛴 선수들과 다른 팀에서 영입한 선수들을 효과적으로 버무렸다. 베테랑은 그들대로, 신인 3총사는 나름대로 자율권을 줬다.

1994년 LG 야구는 하나의 현상이었다. 멋진 선수들이 세련된 줄무늬 유니폼을 입은 모습은 서울 팬들의 심장을 쿵쾅쿵쾅 뛰게 했다. 갈깃머리 휘날리며 공을 던지는 이상훈, 한 치의 흐트러짐 없이 경기를 끝내는 정삼흠, 영리하고 재빠른 유지현, 폭발적인 파워와 스피드를 자랑했던 김재현, 타격과 수비 모두 뛰어난 서용빈 모두 LG라는 이름 아래 하나로 뭉쳤다. 재능이 뛰어나고 개성도 강한 선수들이지만 함께 화합하고 서로 존중했다. 누가 먼저랄 것도 없이 함께 발을 맞춰서 앞으로 나아갔다. LG 그룹의 '자율경영'은 야구단에서 '자율야구'로 구현됐다. 많은 야구 팬들이 LG가 되고 싶어 했고, LG를 갖고 싶어 했다. 2013년 LG를 뜨겁게 응원한 팬들 중 상당수가 이때부터 20년 가까이 LG를 사랑한 팬들이다

LG 그룹은 야구단을 많이 아끼고 사랑했다. 전임 구단주였던 구본무 LG 그룹 회장은 잠실구장을 여러 차례 방문해 선수들을 격려했다. 진주 본가에 LG 선수단을 초청해 수차례 식사 대접을 하기도 했다. 이 자리에서 선수들을 하나하나 호명하고 격려하자 모두가 깜짝 놀랐다. 구본무 회장은 1995년 2월 그룹 회장에 취임하면서 경향신문과의 인터뷰를 한 적이 있다. 구본무 회장이 강조한 건 공정과 정직을 통한 정도경영(正道經營)이었다. 이를 설명하기 위해 야구 얘기를 했다. 구본무 회장은 "야구는 감독이 가장 잘 안다. 또 선수들은 신바람이 나야 야구를 잘한다. 경영인이 약간의 지식을 갖고 야구에 간섭한다면 오히려 문제가 생긴다. 현장에 있는 사람들이 신바람 나도록 경영인은 믿고 도와줘야 한다"고 설명했다. 구본문 회장은 경영철학과 인재양성을 이야기할 때 야구에 자주 빗대어 표현한다.

현재 구단주를 맡고 있는 구본준 LG전자 부회장의 야구 사랑도 지극하다. 2009년엔 일본 스프링캠프를 직접 격려 방문하기도 했다. 잠실구장에서 일반 팬들과 어울려 LG 트윈스를 응원하고 2군구장까지 방문하는 건 이젠 그리 특별하지 않은 일이 됐다. 구본준 회장은 LG 트윈스의 1, 2군 선수들은 물론 정식 선수가 아닌 불펜포수들 이름까지 꿰고 있다고 한다. LG가 성적이 나빠도 구단 프런트의 불필요한 현장 간섭을 구단주가 직접 막아서기도 했다.

LG 트윈스는 그룹으로부터 받은 큰 사랑을 돌려주지 못했다. LG 그룹의 지원과 응원을 받은 선수들이 우쭐해 하는 부분이 분명 있었다. 프로 원년인 1982년 창단한 다른 구단들에 비해 LG 트윈스의 역사가 짧고 뿌리가 약한 게 사실이었다. 1990년 창단 후 5년 만에 두 차례나 우승하면서 위기와 실패 대처 능력을 키우지 못한 것도 인정해야 했다. 진짜 강한 팀, 진짜 명문 팀으로 도약하기 위해서는 한 단계가 더 남아 있었다. 실패를 딛고 일어서는 근성과 끈기다.

프로야구는 끊임없이 변했다. 1990년대 말과 2000년대 초는 이승엽으로 상징되는 홈런의 시대였다. 이후에는 현대·삼성·SK가 차례로 패권을 차지했다. 이 세 팀의 색깔은 조금씩 다르지만 크게 보면 관리의 야구, 작전·통제의 야구를 구현했다.

그동안 LG 트윈스는 특유의 색깔을 잃었다. 마음이 급하고 의욕이 앞서니 바른 길보다 빠른 길로 빠진 적이 있었다. 거액을 주고 다른 팀에서 비싼 선수를 사들였고, 미래가치(유망주)를 내주고 현재가치(베테랑)를 급하게 끌어왔다. 오랫동안 LG의 주축으로 활약한 선수들을 한꺼번에 내보낸 적도 여러 차례였다. 무엇보다 당장 성적이 나지 않는다며 감독과 코치, 구단 프런트 수뇌부를 평균 2년 단위로 계속 교체했다. 신뢰와 자율을 강조하는 LG 그룹의 경영철학에서 벗어난 것이다.

LG 트윈스는 10년 동안 실패했다. 중간에 시행착오 끝에 개선된 부분도 있었으나 결과만 놓고 보면 실패가 분명했다. 그 과정에서 구성원 사이에 금이 간 적도 있었다. 그러나 LG는 마지막 하나의 가치를 지켰다. 끝까지 포기하지 않은 것이다. 늘 함께 도전하고 서로를 아낀 것이다.

LG 트윈스의 실패를 두고 그룹 사람들은 창업주인 고(故) 구인회 회장이 사업에 처음 뛰어 들 때와 비교하기도 했다. 생각대로 사업이 풀리지 않았을 때 구인회 회장의 선친은 "어렵다고 주저앉으면 아무 일도 할 수 없다. 무슨 일이든 10년은 해봐야 결판이 난다. 멀리 내다보며 한 발 두 발 발전하라"며 장남을 독려했다. 선비 집안에서 장사를 하면 안 된다고 사업을 반대했던 아버지였지만 아들이 중간에 포기하는 것만큼은 용서하지 않았다. 구인회 회장은 다시 일어섰다. 그리고 인화, 신뢰, 창조의 가치를 가지고 LG 그룹을 키워냈다.

LG 트윈스의 10년은 '결판'을 내기 위한 기간이었지 모른다. 야구단은 그동안 실패의 경험을 쌓았다. 실패의 기록들이 LG 자산이 되는 데까지는 생각보다 많은 시간이 걸린 건 사실이다. 그러나 시간과 노력이 필요했을 뿐 실패로만 끝난 실패는 하나도 없었다. 2013년 LG는 위기 위에 섰다.

LG 트윈스는 몇 차례 혁신적인 시도를 했다. 2009년 홈구장인 잠실 외야의 좌우펜스를 앞당기는, 이른바 'X존'을 설치했다. 두산과 함께 쓰는 홈구장을 LG 입맛에 맞게 바꿔본 것이다. 김재박 당시 감독이 "화끈한 야구를 하고 싶다"며 요청했고, 구단은 기발한 방법으로 실행했다. 'X존' 설치 후 LG가 더 때린 홈런보다 허용한 홈런이 조금 더 많기는 했지만 시도해볼 만한 실험이었다는 평가를 받았다.

2010년엔 '신(新)연봉제'라는 파격적인 연봉고과 시스템을 도입했다. 개인성적 위주로 연봉고과를 산정했던 기존의 틀을 바꿔 승리공헌도(Win Share)를 측정해 연봉의 50%를 반영했다. 이기는 경기에서 개인의 기여도를 측정한 것이다. 나머지 50%는 과거부터 이어온 개인 기록을 바탕으로 산정했다. 선수들 성향이 개인적으로 바뀌는 것을 견제하기 위한 장치였다. 취지는 좋았으나 여론이 그리 호의적이지 않았다. 갑자기 바뀐 제도 때문에 손해를 본 몇몇 선수에겐 가혹한 시스템이라는 비판도 있었다. '신연봉제'는 3년 동안 조금씩 자리 잡고 있다. LG 트윈스가 포스트시즌 진출에 성공한 2013년엔 '신연봉제'가 선수들에게 큰 선물이 될 것으로 기대된다.

이밖에 LG 트윈스는 전문화된 전력분석 시스템 도입, 심리 트레이너 활용, 타격코치 역할의 세분화 등 파격적이고 도전적인 실험을 계속했다. 가시적 성과가 당장 나타나지 않은 것도 있었지만 LG는 믿고, 투자하고, 기다렸다. 단기간에 결과가 나오지 않더라도 다른 구단이 하지 않았던 것들을 먼저 시도하고, 다른 팀을 뒤따라가지 않고 앞에서 이끄는 것에 큰 의미를 뒀다.

가장 큰 힘을 발휘한 건 역시 사람이었다. 김기태 감독이 2012년 부임해 사람의 씨를 뿌렸고 2013년 결실을 맺기 시작했다. 2013년 LG로 트레이드된 현재윤은 이렇게 말했다.

"예전에 밖에서 본 LG와 지금 안에서 느끼는 LG의 차이는 상당히 크다. 우리 LG는 서로 화합해서 하나의 목표로 향하고 있다. 김기태 감독님은 베테랑 선수들을 대접해준다. 그러면서 젊은 선수들이 눈치를 보지 않고 야구할 수 있도록 배려하고 존중해준다. 덕분에 선수들도 서로

믿고 의지하는 마음이 생겼다."

　　LG 트윈스에 인화의 뿌리가 내리자 팀은 더 단단해졌다. 2013년 4월의 LG 트윈스보다 7월의 LG 트윈가 더 강했다. 9월의 LG 트윈스는 더 좋아졌다. 1년 동안 감독과 코치, 선수들의 얼굴과 이름은 똑같았지만 시간이 지날수록 LG 트윈스는 강해지고 끈끈해졌다. 사람과 사람이 모여 만드는 힘이 얼마나 고귀하고 위대한지를 2013년 LG 트윈스가 증명했다.

Part **5**

나는 LG 트윈스가
되고 싶다

그깟 유광점퍼가 뭐라고

야구를 누군가는 '그깟 공놀이'라고 했다. 한낱 공놀이에 불과한 야구가 뭐라고 그리 좋아하고 열광하고, 때로는 아파하기까지 하느냐는 뜻이다. '그깟 공놀이'는 야구가 공놀이에 그치지 않는다는 걸 역설적으로 표현한 말이다. 야구는 단지 공놀이가 아니라 삶의 희로애락을 담고 있다. 야구팬이라면 야구는 결코 '그깟 공놀이'가 아니라는 것에 동의한다.

'그깟 공놀이'에 열광한 팬들에게도 낯선 현상이 있었다. 2013년 '그깟 유광점퍼' 열풍이다. LG 팬들에게 아주 특별한 의미를 갖는 유광점퍼는 그래봐야 '잠바때기'다. 공짜로 주는 것도 아니다. 가격도 만만치 않다. 그런데 왜 그걸 갖지 못해서 난리가 난 것일까. 같은 야구팬이라도 LG 팬이 아니라면 그 마음을 모두 이해하기 어렵다. 유광점퍼를 입고 싶은 간절한 그 마음을.

2013년 3월 25일 서울 건국대 새천년관에서 프로야구 미디어데이 행사가 열렸다. 팬들과의 질의응답 시간에 한 LG 팬이 김기태 감독에게 물었다.

"감독님, 올해는 유광점퍼를 사도 될까요?"

김기태 감독이 자신 있게 대답했다.

"네, 올해는 구입하셔도 될 겁니다."

대화의 배경을 모른다면 이건 선문답이다. 그러나 아는 사람은 안다. 팬은 상당히 강하게 질문했고, 김기태 감독은 꽤 용감하게 대답했다.

이 팬과 김기태 감독은 가을야구를 약속했다. 유광점퍼는 LG의 포스트시즌 진출을 의미하는 아이콘이다. LG가 오랫동안 4강에 들지 못한 시간만큼의 한이 서려있고, 아울러 돌아오는 가을에 대한 희망을 담고 있는 게 유광점퍼다. LG 팬들에게는 '그깟 유광점퍼'는 간절하고 소중한 열망이다.

유광점퍼의 공식 명칭은 '춘추구단점퍼'다. 초봄과 늦가을에 입는 옷인데 반짝반짝 광택이 난다고 해서 유광점퍼라고 불린다. 사실 대단할 것도 없다. 다른 몇몇 구단들도 가을마다 비슷한 상품을 내놓는다. 유광점퍼의 디자인은 LG의 컬러를 충실하고 심플하게 담은 느낌을 줄 뿐이다.

LG 팬들은 지난 10년간 유광점퍼를 제대로 입어볼 기회가 없었다. 유광점퍼는 더위가 꺾인 뒤 9월 말부터 10월에 입기 적당하다. 그러나 LG 야구는 가을점퍼를 입기도 전에 끝났다. 한여름이 지나면 LG는 순

위표 아랫부분에 있었고, 추워지기 전에 프로야구 정규시즌이 끝났다.

지난 10년 동안 유광점퍼는 매년 평균 400벌 정도 팔렸다. 옷을 산 이들도 꼭 필요해서 지갑을 연 건 아닐 것이다. 쌀쌀한 바람이 부는 3월 시범경기 때 입거나, 아니면 언젠가 가을에 입기 위해서 미리 사뒀다. 유광점퍼는 사기는 쉬워도, 제때 입기는 어려운 옷이었다.

유광점퍼가 특별한 의미를 갖게 된 것은 2011년 주장 박용택 때문이다. 당시 LG는 시즌 초 상위권에서 잘 싸우고 있었고 박용택은 "올해는 꼭 가을야구를 할 것이다. 팬 여러분들은 유광점퍼를 구입하셔도 좋다"

고 말했다. 당시 분위기로 보면 LG는 드디어 4강에 진입할 것만 같았다. 박용택의 발언은 주장으로서 당연히 해야 할 말이었다. 그러나 LG는 그해에도 DTD 저주를 풀어내지 못했고 결국 공동 6위까지 내려갔다. 박용택은 팬들로부터 욕을 엄청나게 먹었다. 그가 말을 잘못해서가 아니었다. 그때 LG 팬들은 누구라도 붙들고 원망하고 싶었던 것이다.

한편으론 유광점퍼를 사라는 말을 LG 팬들은 듣고 싶어 했다. 그래서 한 팬이 김기태 감독에게 물어본 것이다. 질문에 담긴 의미를 잘 알고도 김기태 감독은 망설이지 않고 답했다. 그러자 또 "시즌이 시작되지도 않았는데 벌써 설레발부터 친다"는 비판의 목소리가 나왔다. 아무리 봐도 LG가 4강에 들 수 있을 것 같지 않다고들 생각한 것이다. 야구의 신이 있다고 해도 유광점퍼에 대한 질문에는 정답을 내놓기 어려울 것이다. 그저 4강에 가는 것만이 답이 될 뿐이다.

2013년 LG는 4월에 반짝했고 5월에 내려갔다. 평소보다 빨리 추락하나 싶더니 6월과 7월 다시 상승세를 탔다. '속 좋은' LG 팬들은 시중에 나와 있는 유광점퍼를 모조리 사들였다. 8월에 추가로 제작된 유광점퍼 400벌도 하루 만에 동났다. LG 팬들은 매장 앞에 몇 시간씩 줄을 섰다. 인터넷 홈페이지는 판매 시작과 동시에 다운되고 말았다. 한 벌에 9만8000원 하는 이 점퍼가 인터넷 중고 사이트에서 두 배 넘는 가격에 거래되기도 했다. 또 속아도 좋으니 LG의 여름 상승세를 지켜보는 것만으로도 팬들은 행복했다.

LG의 응원용품을 제작하고 있는 FS 스포츠의 홍승완 팀장은 "유광점퍼가 응원용품 업계의 상식을 깼다. 야구 응원용품은 4~5월이 특수인데 올해 LG 용품은 여름 이후 매출이 더 늘었다. 특히 유광점퍼는 수요예측이 어렵다. 8월까지 팔린 유광점퍼 수량이 지난 3년치를 합한 것보다 많다"고 말했다. FS 스포츠는 8월 말 예약판매까지 받아가며 유광점퍼 대량생산 체제에 들어갔지만 폭발적으로 늘어나는 수요를 따라잡지 못했다. 한여름에 늦가을 점퍼의 수요를 감당하지 못한 건 상식을 뛰어넘는 일이었다. LG 팬들은 '그깟 유광점퍼'를 산 것이 아니라 가을야구의 꿈을 산 것이다.

유광점퍼 현상으로 든 의문 하나. 대체 LG 팬들은 몇 명이나 될까. 누구도 시원하게 명확하게 답을 줄 수 없다. 분명한 건, 눈에 보이는 수보다는 많다는 거다.

LG가 '신바람 야구'로 인기몰이를 했던 1990년대 중반, 잠실 홈경기를 매년 100만 명 정도의 팬들이 찾았다. 이 집계는 잠실구장 원정 팀 관중까지 포함한 것이다. 반대로 원정경기에 입장한 LG 팬들의 수는 제외됐다. LG가 지난 10년 동안 4강에 가지 못했을 때도 매년 최소 62만 명, 최대 125만 명이 홈 경기를 관전했다. 때문에 LG의 평균 관중은 100만 명 정도로 본다.

관중수는 팬들의 크기를 정확하게 측정할 수 없다. 1년에 홈경기를 50차례 관전하는 팬 하나는 50명으로 집계된다. 반면 매일 TV나 인터넷을 통해 LG 경기중계를 보는 팬들은 야구장에 찾지 않는 이상 카운트되지 않는다. 가끔 LG 중계를 보고 기사를 찾아 읽는 팬들, 가족이나 친

구와 함께 LG 유니폼이나 유광점퍼를 산 팬들의 수는 훨씬 더 많다. 이 들도 "당신은 어느 팀을 응원하는가"라는 질문을 받으면 "난 LG 팬"이 라고 대답한다. 여기까지 포함하면 LG 팬들은 수백만 명이 거뜬히 넘을 것이다.

2013년엔 "LG 팬들은 바퀴벌레"라는 농담이 나왔다. 눈에 보이는 것 보다 훨씬 많다는 게 입증돼서다. 10년 동안 4강에도 올라가지 못한 LG를 안타까워하면서 남들에겐 LG 팬임을 숨긴 이들이 꽤 있다. 혹은 LG에 실망하고 혼자서 LG와 절교했던 이들도 많다. 이 가운데 상당수 가 2013년 가을, '커밍아웃'을 했다.

"나, 사실 LG 팬이야. 이제 우리도 가을야구를 한다고!"

진짜 LG 팬들은 남몰래 스산한 가을야구를 느껴본 이들이다. 그들은 매년 LG의 마지막 홈경기를 무슨 일이 있어도 찾아 응원한다. 9월 말에 는 바람이 제법 서늘할 때다. 계절은 분명 가을이지만 가을야구라고 불 리지 못하는, 정규시즌 최종전은 쓸쓸한 느낌을 준다. 이번 시즌에도 LG는 어김없이 바닥으로 내려왔지만 팬들은 승패와 상관없이 처음부 터 끝까지 열성적으로 응원한다. 다음 시즌에는 꼭 가을야구를 보게 해 달라는 염원을 담는 것이다. 해마다 차이가 있지만 최종 홈경기엔 2만 명 정도가 잠실구장을 찾는다. LG의 4강 탈락이 확실해지면 관중이 뚝 떨어지는데, 마지막 홈경기에는 열성팬들이 작정하고 모인다. 그들은 힘껏 LG를 응원한다. 함성이 클수록 오히려 애잔한 느낌이 관중석에서 퍼진다.

LG 선수들도 뒤풀이의 참뜻을 잘 알고 있다. 그래서 마지막 경기 때는 남은 힘을 모조리 쏟아냈다. 경기 후에는 머리를 숙여 팬들에게 깊은 감사를 전했고, 자신의 유니폼을 관중석으로 던지며 선물하기도 했다. LG가 위기를 극복할 수 있었던 힘, 어려울 때도 LG의 자존심과 정도를 잃지 않았던 힘은 끝까지 LG를 지지하고 응원해준 팬들에게서 나왔다. LG 야구를 '그깟 공놀이' 이상으로 만든 이들이다.

팬들의 응원과
원망에 응답하다

치어리더 6년 경력의 강윤이 씨는 LG 팬들에겐 선수 못지않은 스타다. 청바지에 티셔츠 차림으로 다녀도 눈썰미 좋은 LG 팬들은 단번에 그녀를 알아본다. 윤이 씨에게 사인해줄 것을 부탁하고 함께 사진을 찍어 달라고 한다. 그녀는 친절하게 응한다.

윤이 씨는 2년 전부터 LG의 치어리딩을 맡고 있다. 격렬한 동작을 하다 부상을 입기도 한다. 9월 20일 잠실 두산전에선 오른 다리에 파스를 붙인 채 응원을 주도해 화제가 됐다. LG 팬들에겐 응원단도 같은 식구다. 그래서 그녀의 열정적인 몸짓을 사랑한다. 극성 팬들은 잠실구장 앞에서 몇 시간 동안 그녀를 기다리다 따라붙는다. 무섭긴 하지만 그녀는 LG 치어리더 생활이 즐겁단다.

"어릴 땐 야구의 야자도 몰랐어요. 다른 종목에서 치어리더를 하면서도 항상 야구장에 가기를 바랐어요. 많은 팬들과 가까이서 함께 응원하는 걸 느껴보고 싶었거든요. 특히 LG 팬들은 정말 열정적이에요. 그분들과 함께 응원하면 하나도 힘들지 않아요. 지금요? 물론 LG의 열성 팬이에요."

응원단상에서 LG 팬들과 마주보는 건 매우 특별한 경험이다. 응원단상에 모여 앉은 팬들은 거의 고정 팬이다. 시즌티켓을 구입해 같은 자리에 앉은 이들이 많고, 팀 성적이 좋을 때나 나쁠 때나 한결같이 LG를 응원하는 팬들이 대부분이다.

LG 응원단장 오명섭 씨는 "LG 팬들은 정말 대단해요. LG 사랑은 못 말릴 만큼 뜨거운데 억세지는 않거든요. 신사적이고 깔끔해요. 저런 팬들이니 지난 10년 동안 기다리고 계속 응원을 보낸 거라고 생각해요. 제가 응원단상에 오르면 그라운드를 등진 채 팬들을 보게 되잖아요. 야구는 못 보지만 '진짜 LG'는 관중석에도 있어요"라고 말했다.

윤이 씨는 쉬는 날에도 잠실구장을 찾는다. 치어리더는 관중을 보느라 야구를 그라운드를 등지기 때문에 LG 팬으로서 야구장에 가는 것이다. 그때만큼은 치킨을 뜯으며 자유롭게 LG 야구를 즐긴다. 간간이 그녀를 알아보는 팬들이 맥주 한 잔을 권하기도 한다. 그녀는 마다하지 않고 고맙게 받는다고 한다.

LG 응원단장과 치어리더들에겐 매년 9월이 가장 힘들었다. 가을야구에 대한 희망이 사라진 채 잠실구장 응원 열기는 불씨만 남아 있을 때다. 야구장을 찾긴 했으나 팬들도 그리 흥이 난 상태는 아니다. 그들의 마지막 불꽃은 마지막 경기에 타올랐다. 재조차 남기지 않고 불살랐다.

명섭 씨는 2012년 10월 6일 잠실경기를 선명하게 기억한다. 두산의 홈경기였지만 LG의 시즌 최종전이기도 했다. 이날 관중은 2만3771명. 순위 싸움과 상관없는 경기에 관중석이 거의 찬 것이다. 명섭 씨는 "LG 팬들에겐 그게 마지막 경기였잖아요. 다른 팀들은 포스트시즌을 준비할 때이지만 LG 야구는 그날 끝나요. 그 경기를 마지막으로 5개월 동안 LG 야구를 볼 수 없죠. 그래서 야구장으로 모였고 한풀이하듯 소리를 질렀어요. 8부터 9회까지는 LG 응원가 메들리를 불렀거든요. 다들 목이 터져라 노래 불렀죠. 경기 끝나고 다들 그러더라고요. 한국시리즈를 하는 것 같았다고요"라고 말했다. LG는 선발 리즈의 호투와 이상열 유원상 봉중근의 완벽 계투에 힘입어 1-0으로 이겼다. 2013년을 기약하는 응원이었고 승리였다.

LG가 10년 동안 포스트시즌에 진출하지 못했기에 팬들의 LG 사랑은 더 깊어졌는지 모른다. 혹시 올해는 다르지 않을까, LG가 실패를 이겨내면 나도 그럴 수 있지 않을까 기대하며 10년을 보낸 팬들이 많다. LG 트윈스 팬이라면 묻지도 따지지도 않고 사위로 삼으라는 우스갯소리가 있다. 10년 동안 LG를 꾸준히 사랑하는 남자의 끈기와 의리를 무조건 믿어도 좋다는 뜻이다.

김진환 씨는 7000여 명의 팬들이 찾는 'LG 트윈스 뉴스'라는 페이스북을 운영하고 있다. 그는 "LG 야구를 쫓아다니며 보느라 여자 친구가 없었다. 그런데 얼마 전 여자 친구가 생겼다. 함께 LG를 응원하는 사이다. LG 성적이 좋아지자 나뿐만 아니라 팬들끼리 커플이 되는 경우가 더 많아졌다"며 웃었다.

진환 씨는 "친구들이 DTD의 저주를 들먹이며 몇 년을 놀렸다. 내내 놀림을 받았지만 응원팀을 바꿔야겠다는 생각을 한 적은 없다. 난 그냥, 무조건 LG였다"며 "나는 괜찮아도 나를 보는 시선이 문제였다. LG 모자를 쓰고 다니면 날 측은하게 보는 느낌이 있었다. 이젠 성적이 좋으니 LG 모자를 쓰고 유니폼을 입어도 당당하다"며 어깨를 폈다. LG의 멋진 줄무늬 유니폼에 반한 진환 씨는 20년 넘게 LG만 응원하고 있다.

정의한 씨는 신나는 잠실구장 분위기에 매료돼 2006년 LG 팬이 됐다. LG 야구를 보면서 역전 승부가 많은 불확실성에서 매력을 느낀다고 했다. 의한 씨는 "과거 LG가 봄까지 잘하다가 여름 이후 성적이 떨어지면 '드디어 올 게 왔다', 'LG는 답이 없다'는 등의 말을 들었다. 그때마다 욱했지만 점차 의연해지더라. 잘할 때가 있으면 못할 때도 있는 거다. 1990년대 LG는 꽤 잘했다. 뭔가 퍼즐이 맞으면 잘 풀릴 거라고 생각했다. 예상보다 시간이 오래 걸렸을 뿐"이라고 말했다. 그는 지금까지 죽어라 응원한 게 아까워서라도 LG를 버리지 못했단다.

LG 팬들에게 2013년은 축제였다. 7월 올스타전 팬 투표에서는 LG 선수들이 웨스턴리그(LG · 넥센 · KIA · NC · 한화) 11개 포지션을 싹쓸이하는 진기록을 세웠다. 신예 김용의가 홈런왕 박병호를 밀어낼 만큼 의외의 결과이기는 했다. 진환 씨는 "우린 예전에 했던 것처럼 우리 선수들에게 투표했다. 숨어있던 팬들이 쏟아져 나와 표가 늘어난 거다. 결과가 이렇게 될지 몰랐다"고 말했다.

　　팬들의 마음이 항상 따뜻하기만 했던 건 아니었다. 성적이 좋지 못하다는 이유로 극성 팬들은 2011년 8월 구단 버스를 세워 감독과 선수들을 대상으로 청문회를 벌인 적도 있다. 그해 11월 LG가 김기태 감독을 선임하자 일부 팬들이 구단 홈페이지에서 격렬하게 항의하기도 했다. 그들은 따로 홈페이지를 개설해 구단 비판을 이어갔다.

　　일부라고는 해도 그들의 팬덤에는 과도한 면이 없지 않았다. 그러나 끈기 있고 점잖게 LG를 응원해온 의한 씨도 극성 팬들의 마음을 이해했다. 그는 "LG의 각성을 요구한 것이다. 뭔가 달라지는 것, 달라지고자

하는 마음이 느껴져야 하는데 그게 아니었다. 우리의 외침을 LG 선수단이 제대로 듣지 않는다고 느꼈다. 물론 모든 팬들이 과격한 행동을 한 건 아니지만 오래 힘들게 참고 기다린 팬들이 상당히 많은 게 사실"이라고 말했다.

팬들에게 LG는 애증이다. 과거 LG는 4강 탈락이 어느 정도 결정된 후엔 선수들이 먼저 포기하는 경향이 있었다. 내야 땅볼을 치고 1루까지 반도 안 가서는 터벅터벅 더그아웃으로 걸어오고, 야구보다 옷차림에 더 신경 쓰는 선수들이 있었다. 팀 성적보다는 개인 기록을 위한 플레이가 가장 많다는 지적을 받은 팀이 LG였다. 여러 전문가들은 LG의 문제점 중 하나로 팀의 인기가 너무 높다는 점을 꼽곤 했다. 야구를 못해도 팬들이 좋아하고, 심지어 2군으로 떨어진 선수를 응원하러 구리구장까지 갔다. 그러나 LG 팬들은 그들의 사랑을 보상받지 못했다. 그래서 때론 사랑하는 만큼 LG를 원망하기도 했다. 응원해주는 마음을 선수들이 헤아려 주기를, 그래서 더 열심히 해주길 바란 것이다.

2013년 LG는 팬들의 묵은 원망을 풀어줬다. 서로 화합했고, 열심히 뛰었다. 앞에서 끌고 뒤에서 밀며 함께 강해졌다. LG가 드디어 팬들의 응원에 응답했다.

그녀의 PS 파트너

〈나의 PS 파트너〉는 배우 신소율이 출연한 영화 제목이다. 2013년 그녀의 PS 파트너는 LG다. 물론 여기서 PS의 의미는 영화에서와 달리 포스트시즌(Post Season)을 뜻한다. LG가 11년 만에 치르는 2013년 포스트시즌은 그녀에게 영화만큼이나 특별했다. "인터뷰 제목을 PS 파트너라고 해도 되겠는가"라고 물었더니 신소율은 "괜찮겠다"며 폭소를 터뜨렸다.

그녀는 "10년을 기다려온 가을야구예요. 포스트시즌에 꼭 응원을 가야 하는데 드라마 촬영기간과 겹치거든요. 혹시 못 가지 않을까 초조한 마음까지 들지만요, 꼭 응원 갈 거예요. 그날을 위해 유광점퍼도 예매했어요"라며 환하게 웃었다. 일일드라마 〈못난이 주의보〉 촬영을 하느라 눈코 뜰 새 없이 바쁜 그녀지만 LG 소식은 꼭 챙긴다. LG는 신소율 삶의 한 조각이다.

유명인의 말 한마디, SNS(소셜 네트워크 서비스)의 글 하나는 뜻하지 않게 큰 파장을 일으키기도 한다. 때문에 유명인이 특정 팀을 응원하는 건 손해인 경우가 더 많다. 다른 팀 팬들과 벽을 쌓을 수 있어서다. 그러나 LG를 응원하는 건 배우 신소율이 아니라 자연인 신소율이다. 그녀는 "전 그냥 LG 팬이니까 SNS를 처음 할 때부터 LG 응원글을 많이 올렸어요. 예전엔 별 상관이 없었는데 드라마 〈응답하라 1997〉를 통해 제가 인지도를 얻은 이후에는 LG를 응원하면 다른 팀 팬들이 조금 서운해 하시는 것 같더라고요. 그렇다고 계속 해오던 응원을 멈출 수 있나요? 계속 해야죠"라고 말했다.

신소율은 5월 19일 잠실경기에 시구자로 나섰다. 이날은 류제국의 데뷔전이기도 했지만 그녀의 데뷔전이기도 했다. 신소율은 유지현 코치의 이름과 등번호 6번이 마킹된 줄무늬 유니폼을 입고 마운드에 올랐다. 유지현 코치로부터 배운 대로 깔끔한 폼으로 시구를 했다. 얼굴을 알리는 게 목적이 아니었기 때문에 LG 모자를 푹 눌러썼고, 예쁘게 보이는 게 중요하지 않았기 때문에 구두가 아닌 분홍색 운동화를 신었다. 신소율은 LG가 7-3으로 이긴 경기를 끝까지 지켜봤다. LG가 류제국을 건진 날이었고, 초봄 위기를 극복하고 다시 상승세로 돌아선 바로 그 경기였다. 신소율은 "유지현 코치님 뵙게 되어서 너무 영광이었어요. 시구도 즐거웠고요. 무엇보다 LG가 이겨서 너무 좋았습니다"라며 까르르 웃었다.

그녀가 초등학생이었던 1994년, LG가 한국시리즈 우승을 차지했다.

'신바람 야구'가 뭔지도 모를 만큼 어린 나이였지만 그 눈에는 LG 선수들이 너무 멋지게 보였다. 신소율은 "그때 선수들이 그렇게 멋있을 수 없었어요. 야구도 잘했지만 정말 파이팅이 넘쳤거든요. 잔디 위에서는 물론이고 벤치에서도 여유 있고 자신감 넘치는 선수들 표정이 너무 좋았어요"라고 했다.

신소율 가족 모두가 스포츠를 즐겨봤다. 예쁜 딸이 스포츠를 보며 예의와 규범을 아는 사람으로 자라기를 부모님은 바랐다. 어린 신소율은 TV 중계를 보며 자연스럽게 야구 팬이 됐다. 야구를 보는 그녀의 식견이 열성 팬 못지않은 이유다. 신소율이 유지현 코치를 가장 좋아하는 이유는 유격수 포지션 때문이다.

"유격수가 아주 다이내믹하잖아요. 민첩하고 영민하게 움직이면서 어려운 타구를 잡아내는 유지현 코치님이 너무 멋있었어요. 오지환 선수도 유격수를 잘해줘서 좋아하고요"라는 게 그녀 설명이다.

2002년 LG가 4위에 올랐을 때 그녀는 친구들에게 "우리 4강 갔어!"라고 외쳤다. "4강? 축구 월드컵 4강?"이란 대답이 돌아오기 일쑤였지만 그녀에게 LG는 '우리'였다. 이후 10년 동안 포스트시즌에 가지 못했어도 마찬가지였다.

"우리가 야구 못할 땐 오기가 났어요. SNS를 통해 투정도 부렸죠. 그런데 그거 아세요? 남들이 우리 팀 얕보는 건 정말 참을 수 없더라고요. 야구 팬들이 '까도 내가 깐다'고 하잖아요. 제 심정이 딱 그랬어요"라며 웃었다. 그녀는 "해마다 올해는 다를 거라며 10년을 기다렸죠. 사실

2013년 5월 초 위기가 왔을 때 '이번에도 안 되나보다' 하며 실망했거든요. 그런데 선수들이 너무 잘해줬어요. 주장 이병규 선수가 잘 이끌어 줬고 모두가 잘 따라준 것 같아요. 올 가을 너무 행복해요."

그녀는 LG가 엔돌핀이라고 말했다.

"어릴 땐 연기가 마냥 좋았거든요. 일상의 스트레스를 연기로 풀었어요. 그런데 연기를 직업으로 하게 되니까 솔직히 스트레스를 받을 때가 있더라고요. 전 엔돌핀이 많아야 하거든요. LG가 제게 큰 힘이 되어줬어요."

LG가 부진할 때 많은 LG 팬들 야구를 보며 오히려 스트레스를 받았다. 그녀도 그러지 않았을까.

"하하. 사실 몇몇 친구들이 LG 야구 보면 스트레스 받지 않느냐고 놀려요. 그러면 제가 우기죠. '기다려 봐라. 우리는 더 강해진다. 그걸 기다리는 게 응원하는 진짜 재미다' 라고요."

1994년 LG에 반했던 꼬마는 어느새 숙녀가 됐다. 연기를 하며 현실과 드라마를 오가는 신소율에게 야구는 어떤 의미일까. 현실에 가까울까, 드라마에 가까울까. 그녀는 시원시원하게 대답했다.

"야구는 드라마와 달라요. 대본이 없으니까 야구의 끝을 알 수 없잖아요. 지금 지고 있더라도 나중에 이길 수 있어요. 지금 부진해도 다음에 더 잘할 수 있어요. 특히 우리 LG가 그렇잖아요. 2013년 LG가 쉽지 않을 줄 알았는데 너무 잘해줬어요. 드디어 가을야구를 하게 됐잖아요. 계속 응원하고 사랑하면 언젠가는 우승도 해줄 거라 믿습니다. 알 수 없는 미래에 희망을 걸 수 있는 것, 그게 야구만의 매력 같아요."